D1079042

Échecs amoureux
et autres niaiseries

Matthieu Simard

Échecs amoureux
et autres niaiseries

Données de catalogage avant publication (Canada)

Simard, Matthieu
Échecs amoureux et autres niaiseries
ISBN 2-7604-0963-5
I. Titre.
PS8637.I42E23 2004   C843'.6   C2004-940432-6
PS9637.I42E23 2004

Infographie et mise en pages : Composition Monika, Québec
Maquette de la couverture : Danielle Péret
Illustration de la couverture : Jimmy Beaulieu
Photo de l'auteur : Robert Etcheverry

Remerciements

Les Éditions internationales Alain Stanké reconnaissent l'aide
financière du gouvernement du Canada par l'entremise du
Programme d'aide au développement de l'industrie de l'édition
(PADIÉ) pour ses activités d'édition. Nous remercions le Conseil
des Arts du Canada et la Société de développement des entreprises
culturelles du Québec (SODEC) du soutien accordé à notre
programme de publication. Gouvernement du Québec – Programme
de crédit d'impôt pour l'édition de livres – gestion SODEC.

Les Éditions internationales Alain Stanké
7, chemin Bates
Outremont (Québec) H2V 4V7
Tél. : 514 849-5259
Téléc. : 514 396-0440
editions@stanke.com

Dépôt légal – Bibliothèque et Archives nationales du Québec, 2004

ISBN 2-7604-0963-5

Diffusion au Canada :
Messageries ADP
2315, rue de la Province
Longueuil (Québec) J4G 1G4
Téléphone : 450 640-1234
Sans frais : 1 800 771-3022

Diffusion hors Canada : Interforum

*À mon grand frère Alexandre,
sans qui je ne serais pas
son petit frère.*

Edwin avec deux *t*

Moi, je suis le gars. Elle, c'est la fille.

Je vous raconte ça, vous savez, ça n'a pas vraiment d'importance. C'est ma petite histoire à moi, ma petite histoire sans conséquence. Je vous raconte ça, vous savez, ça ne veut pas dire grand-chose.

Je l'ai rencontrée jeudi passé. C'était une soirée plate. J'étais devant la télé, à regarder une émission de catastrophes, avec des avions qui se rentrent dedans, des missiles qui explosent dans les mains de spécialistes en explosifs, des funambules qui se pètent la gueule sur le béton. Une émission ordinaire. Je grugeais des bretzels, ou des pretzels, je ne sais plus, je ne sais pas de quel côté était le sac. Je buvais une Molson Ex, un peu tiède parce que je la tétais depuis deux heures, un peu flatte pour la même raison. Et j'étais de plus en plus horizontal.

Je n'avais pas encore soupé, je n'avais pas encore faim, je n'avais pas encore de bouffe dans le frigo. Il était sept heures et quart. Et demie, peut-être, mais je ne crois pas, parce que je n'avais pas encore vu le gars se faire bouffer la face par un ours en flammes.

Et le toutou avait envie de pisser depuis une bonne demi-heure. Grattait la porte, traînait sa laisse, me jappait par la tête, comme si je comprenais ce qu'il me disait. Moi, je n'avais pas le goût de le promener, parce que c'était l'Halloween, et que des petits morveux déguisés en Darth Vador ou en Michael Jackson, qui veulent flatter le toutou parce qu'il est donc cute, ça m'écœure.

Sauf que bon. Quand un chien doit pisser, il doit pisser. Et si possible, pas sur mon tapis. J'ai enlevé ma main de mes pantalons, me suis levé et suis sorti avec le toutou pour un tour du bloc, ou peut-être moins avec un peu de chance. Wouf wouf de joie, branlement de queue, il ne s'imagine pas que, dans quelques minutes, il va de nouveau s'emmerder sur le tapis du salon sur lequel il n'a pas le droit de pisser.

Quand j'étais petit, à l'Halloween, il faisait toujours froid. Ma mère me mettait un *suit* de ski-doo, et je me déguisais en Mexicain, parce que je ne pouvais rien porter d'autre qu'un poncho par-dessus. Ce soir-là, c'était un de ces froids-là. Pas besoin de me déguiser, mais sortir quand même, me les geler pour le meilleur ami de l'homme, moi je dis que c'est l'homme qui est le meilleur ami du chien.

Je me retrouve à marcher vite, un pas par carré de trottoir, à tirer le chien qui veut respirer le bon air des poteaux. Sirop de poteau, peut-être.

Moi, je suis le gars. Et c'est ici qu'arrive la fille. Elle arrive en face de moi, sur le trottoir, en face de moi, sur le même côté de la rue, elle arrive en groupe, entourée de ses amies, je ne l'ai pas vue encore, mais elle arrive. Un groupe de filles trop vieilles pour passer l'Halloween, mais qui le font

quand même. Déguisées en punkettes, en mons-
tresses pas très convaincantes. Et elle, déguisée en
ballerine. En tutu, adolescente toute cute qui passe
l'Halloween pour la dernière fois de sa vie. J'ai
pensé me tasser de là, changer de côté de rue,
même si je n'étais pas à une intersection. Quinze
ans, qu'elle avait. Deux fois moins que moi, ça me
donne 34 ans. Oui, c'est ça. Vieux perdu de 34 ans,
vous penserez bien ce que vous voulez, mais
vieux, je sais pas. On s'en reparlera quand vous
serez mort.

*   *   *

Le pitou est un aimant à pitoune. C'est classique. Même dans les annonces de *pick-up* Dodge
ils le disent.

— Oooooooooooooooooh, y'est ben cute...

Ça, c'est une punkette qui l'a dit, et je ne suis
pas certain du nombre de *o*. Elle s'est mise à le
flatter, arrêtant du coup mon élan vers l'horizon et
(ou) le coin de la rue. Je me suis retourné, j'ai
souri poliment, ma maman aurait été fière, elle
m'a bien élevé. Puis ma ballerine s'est avancée
tout doucement, a posé sa main sur le museau du
toutou et s'est mise à le caresser tranquillement.
C'était tout serein, tout étrange, comme si le
temps ralentissait, un morceau de sable coincé
dans le grand sablier, et il faisait moins froid, il me
semble. Sans lever les yeux, elle a ouvert la
bouche, et le temps s'est arrêté complètement.
C'était presque le silence qui sortait de sa bouche,
des mots tranquilles, des sons doux, que j'enten-
dais à peine.

— Comment il s'appelle, ton chien?

— Il s'appelle Edwin.

— Toi, comment tu t'appelles?

En soufflant ça, elle s'est retournée vers moi et m'a regardé dans les yeux, longtemps. Profond. C'est le fond de mon crâne qu'elle fixait, paisible. Mes genoux mous, tout à coup. Je ne m'attendais pas à ça, je m'attendais à devoir raconter l'histoire du nom d'Edwin, la toune *Alive* d'Edwin que j'écoutais tout le temps quand j'ai eu le chien, ce genre de choses, c'est quoi mon nom, déjà?

— Euh, Matthieu, que j'ai répondu.

— Avec deux *t*?

— Oui, comment tu sais?

— J'aime mieux avec deux *t*.

* * *

La bière était douce, l'air chaud glissait dans mes poumons tranquillement, les mots roulaient dans mes oreilles avec tendresse. Trois heures, quatre heures, des minutes ou une éternité, la vie était belle dans mon salon ce soir-là, à écouter ma ballerine raconter sa vie, sa courte vie de petite fille de 15 ans. Écrasé dans le sofa, écrasée dans le fauteuil. Les regards, les sourires, les mots, les mots.

Des fois, tout est simple. Pas de question, pas d'analyse. On se parlait comme si on se connaissait depuis des années, sans gêne, sans tremblements, sans bouche pâteuse. Et on avait du fun, rires et rires encore. Et je suis allé lui chercher une troisième bière, et je me suis assis sur le bord du fauteuil, elle s'est approchée un peu, j'ai commencé à lui jouer dans les cheveux, sans me demander si c'était correct, sans rien me demander. Elle me caressait doucement la cuisse.

— Saint-Matthieu, dans la bible, il prend deux *t*.

— Oui, je sais.

On s'est embrassés, c'était bon, ça goûtait bon. Longtemps, des heures, je crois. Passionnés comme dans les romans Harlequin, sincères comme dans les contes de fées, intenses comme dans la vie. Puis elle m'a pris par la main et m'a entraîné vers mon lit.

Et là, cochonneries. Corps nus, sueur. Voix qui résonnent, mots doux, cris. J'ai léché son dos avec passion, je l'ai mangée jusqu'à ce qu'elle n'en puisse plus.

Et elle m'a sucé. Puis elle m'a embrassé, a souri d'un sourire qu'on n'oublie pas.

— La prochaine fois, tu prendras une douche avant.

Elle s'est collée sur moi et on s'est endormis. Sommeil profond, dormir avec le sourire, la chaleur de sa peau, le paradis si loin des nuages, je ne savais pas que c'était possible. Sommeil profond, dormir avec le sourire, la vie peut être si belle, je vous jure.

* * *

Cette nuit-là, j'ai rêvé que ça durerait toujours. Que cette chaleur serait toujours dans mon corps, que sa main dans mes cheveux s'y était réfugiée à jamais. Rare rêve, le lendemain matin j'étais amoureux. Elle aussi, mais vous savez, les rêves, ce ne sont que des rêves. Les toujours, les jamais, l'éternité, c'est du brouillard de rêve, c'est du flou de sommeil.

Nous avons donc vécu l'amour décroissant. En six jours. Le haut, le milieu et le bas, en six jours. Deux jours de chacun.

Le haut, vendredi et samedi. Le bonheur intense d'aimer et d'être aimé, de découvrir, d'être émerveillé. Vendredi après l'école, elle est venue chez moi. Ballerine sexuelle, sensuelle surtout. Et on a jasé. Devant la télé, sans arrêt, à tout dire ce qu'on n'avait pas à dire, à parler de rien et de nous. Baiser et parler, la vie peut être belle, je vous jure. On était complices, j'étais heureux, elle a un rire magnifique, des mains douces comme le feu.

Le milieu, dimanche et lundi. Le milieu, c'est le bonheur, mais plus tranquille. Les sourires qui volent la place des rires, l'extase qui glisse un peu, c'est la place du plaisir. Le programme est resté le même. Conversations et baise, mon salon comme abri, l'arrogance de la télé en *background*. Lundi, quand elle est revenue de l'école, j'étais content de la voir. Et elle m'a embrassé, m'a dit que j'étais beau, il restait bien un peu d'amour, elle était encore un peu aveugle.

Le bas, mardi et hier. Mardi soir quand elle a sonné à la porte, ça a sonné bizarre. Un peu faux, un peu terne, je ne sais pas. Quand j'ai ouvert, elle m'a embrassé mais n'a rien dit. On s'est assis devant les nouvelles de 18 h, et on n'a pas parlé beaucoup. Une petite Molson Ex, promenade d'Edwin, on s'est commandé du St-Hubert, c'était bon. Elle m'a traîné dans ma chambre, on s'est déshabillés, on a fait l'amour. C'était bien, mais il manquait cette respiration incontrôlable. Et après, pour la première fois, elle est retournée dormir chez elle, avec l'excuse que ses parents commençaient à se douter de quelque chose.

Hier, elle m'a appelé pendant *Piment Fort*. Elle était supposée venir directement chez moi, elle m'a appelé à la place.

— Écoute, Matthieu, je pense pas que ça va marcher, nous deux. T'es ben fin, tu baises bien, j'adore ça parler avec toi. Mais t'es trop *vedge*. Tu veux rien faire, tu veux pas sortir sauf pour ton chien. Ta vie idéale, c'est devant la télé tous les soirs. Moi, faut que je bouge, faut que je fasse des affaires, je veux pas m'écraser dans le sofa tous les soirs. Tu comprends ?

Qu'est-ce que vous voulez répondre à ça ? Elle avait raison. Ma vie idéale, c'est devant la télé. Tous les soirs. Et elle, sa vie idéale, c'est dehors, avec des activités, du plein air, de l'air tout court.

Et je n'avais vraiment pas envie de me battre.

— OK, ma belle, je comprends. Tu m'appelleras...

* * *

Je vous raconte ça, vous savez, ça n'a pas vraiment d'importance. C'est ma petite histoire à moi, ma petite histoire sans conséquence. Je vous raconte ça, vous savez, ça ne veut pas dire grand-chose.

Moi, je suis le gars. Elle, c'est la fille. C'est tout.

La grande évasion

Je me retrouve dehors avec tous ces gens que je ne connais pas. Il pleut, et, au coin de la rue, un monsieur en chaise roulante électrique s'est arrêté pour me dire bonjour. J'ai froid. J'ai ma vie devant moi.

Je me souviens de la première cuillerée, en 1987. Bon Jovi chantait *You Give Love a Bad Name* dans des haut-parleurs *cheap*. Je regardais le téléviseur éteint, écrasé dans un sofa, éteint. Et je tenais un pouding au chocolat, mais pas de cuillère.

— Chérie, tu m'apporterais-tu une cuillère?

— Han?

— Tu m'apporterais-tu une cuillère?

— Pff. Va donc la chercher toi-même.

Meet Josée. L'amour de ma vie, toute de politesse et de générosité. À l'époque, je n'étais conscient de rien. C'était le quotidien, tout plein de boutons dans la face, tout plein de taches dans les lunettes, tout plein d'ampoules aux pieds. Le quotidien tranquille, on a tous des poils noirs laids qui poussent sur des grains de beauté. On a tous un quotidien tranquille, on a tous une vie qui nous pousse sur des grains de beauté. Josée aimait bien notre vie, la contrôlait bien aussi. Josée était belle pas tant que ça. Elle avait hâte d'être une professionnelle. Pouvoir flasher devant ses amies avec un beau char rouge, pouvoir se faire dorer à Cuba en hiver, pouvoir aller au Nautilus en leggings roses. Une histoire de couleur, j'imagine. Josée était fine pas tant que ça. Elle faisait le souper de temps à autre, la vaisselle de temps à autre, l'amour de temps à autre et la conversation de temps à autre. Le reste du temps, elle regardait la télé. Et l'autre reste du temps, elle planifiait l'avenir.

Dans son calepin, tout était écrit. L'avenir comme une liste d'épicerie. Juillet 88, on achète une Sunbird. Septembre 90, on se marie. Mai 91, on achète une maison en banlieue. Juin 91, on fait l'amour pas de pilule. Pain, beurre, lait, nourriture pour le chat.

— Chérie, qu'est-ce qui arrive si en 91 on trouve pas de maison qui nous plaît pour le mois de mai?

— On va en trouver une, inquiète-toi pas.

— Chérie, pis si jamais on veut un enfant plus tôt?

— On se retiendra.

— Chérie, j'aime pas ça, moi, une Sunbird. Ça pourrait pas être une Civic, mettons?

— Je veux pas la même auto que ma mère, tu le sais ben.

— Pis si le chat a pas faim?

— Y va manger pareil.

Le quotidien tranquille, pour attendre, au fond. Pas faire trop de choses, pour éviter que les plans soient bouleversés. C'était ça, l'idée de base de notre couple. Le fondement de notre bonheur. Manger du pouding devant une télé éteinte, je vous dis, pas trop de chance que j'aie des idées.

— Chérie, tu m'apporterais-tu une cuillère?

— Han?

— Tu m'apporterais-tu une cuillère?

— Pff. Va donc la chercher toi-même.

Ça faisait longtemps que j'étais assis, je me suis levé un peu vite, j'ai vu du noir autour du centre, des étourdissements, quelques secondes, assez pour faire un pas de côté. Puis le retour à la normale, les pas par en avant, en traînant les pieds, mais quand même, quelque chose avait changé. Quelque chose de louche, un frisson comme un rêve, un frisson comme une vision. Rendu dans la cuisine, en ouvrant le tiroir aux ustensiles, j'ai tout vu. J'ai vu 1988, une petite MR2 Supercharged. J'ai vu 1990, au Pub avec les gars. J'ai vu 1991, un appart Drolet-Beaubien, une CBR 600 blanche et argent.

J'ai vu mon calepin à moi, plein de sourires. Je me suis mis à trembler, à avoir froid. Et c'était clair. Il fallait que je m'échappe de cette vie-là, de Josée, de son calepin, de la télé éteinte, des poils noirs laids sur les grains de beauté.

Alors j'ai commencé à creuser.

À coup de cuillerées, sous la deuxième tuile à gauche, dans le coin de la cuisine. Trois, peut-être quatre cuillerées par jour, il ne fallait pas que Josée s'en rende compte. Quand elle s'enfermait dans la salle de bain pour se faire une beauté, trois, peut-être quatre cuillerées. Quand elle sortait pour secouer le tapis de l'entrée, trois, peut-être quatre cuillerées.

Sept mois plus tard, alors que j'en étais à trois mètres environ, alors que j'allais arrêter de creuser vers le bas pour creuser vers la rue, j'ai failli me faire prendre. Il y avait *The Great Escape* à la télé, je n'ai pas pu retenir un *Yes!* quand l'évasion a réussi. C'était louche. Et quand ils se sont presque tous fait rattraper, j'ai pleuré un peu. C'était louche aussi.

— Coudonc, qu'est-ce que t'as, toi?

— Rien, j'ai une poussière dans l'œil.

— Pis ça te fait de la peine?

— Non, mais t'sais, c'est la... le... j'ai une poussière dans l'œil.

— Ostie que des fois je te comprends pas.

Ça a sonné à la porte. C'était un jeune noir qui vendait des barres de chocolat pour son équipe de sport. Il avait l'air traumatisé, j'ai voulu l'encourager. Je lui en ai pris deux.

— Ostie que t'es tata. T'sais ben qu'on aime pas ça, le chocolat.

— Tu le donneras à ta mère.

— Elle aime pas ça non plus.

— Elle le donnera au p'tit gars qui fait son gazon.

— Combien ça a coûté, ça?

— Quatre piasses.

— C'est quatre piasses de moins pour notre Sunbird.

J'étais quand même content, elle avait oublié ma poussière dans l'œil.

Juillet 88, on a effectivement acheté une Sun-bird. Blanche. Laide. Mais je m'en foutais un peu, j'étais rendu environ à mi-chemin. Une couple d'années encore, et je m'échapperais. L'objectif, c'était août 90, juste avant le mariage. Trois, peut-être quatre cuillerées à la fois. Il fallait que je sois de plus en plus prudent, c'était de plus en plus salissant. Josée ne se rendait compte de rien. Trop occupée par son calepin, trop occupée à planifier le mariage.

À la fin de 1989, j'ai pris du retard. Beaucoup de retard. La mère de Josée était dans une mauvaise passe, elle était toujours rendue chez nous, ça me laissait moins de latitude. Pendant deux mois, je l'ai entendue répéter qu'elle s'en voulait d'avoir eu cette aventure avec le jeune qui fait son gazon, qu'elle voulait que son Maurice revienne. Pendant deux mois, j'ai paniqué. Je n'aurais jamais fini à temps. C'était désespéré. Deux mois de torture, deux mois pas de tunnel, à subir la maman, à subir les regards de Josée quand je disais à la maman d'en revenir.

Puis, en juillet 1990, la providence. Écrasée par le stress du mariage, Josée avait besoin de s'occuper, et ce qu'elle a trouvé de mieux, c'est de faire un pas vers son statut de professionnelle. Elle s'est inscrite à un cours quelconque en je ne sais pas quoi. Trois heures par jour, cinq jours par semaine, elle n'était pas là. Imaginez les cuillerées...

Et comme ça, comme une grande première, comme la vie qui se réveille, on arrive au jour, le vrai, mon jour. Le 26 juillet 1990, journée pluvieuse, le grand jour. Un dimanche, Josée écrasée dans le salon, en attendant que le téléphone sonne. Et puis moi, habillé pour l'occasion, fier, fort. Je suis planté devant elle, debout, depuis cinq bonnes minutes. Elle me remarque, me parle.

— Qu'est-ce que tu fais là?

— Je voulais juste te dire au revoir.

— Tu t'en vas?

— Oui.

— Où ça?

— Dans la cuisine.

La fleur de mon péché

J'ai mal au genou gauche. Un accident de coin de table de salon, une longue histoire, je dis longue, vous savez, c'est parce que j'ai un peu honte de la raconter. De toute façon, c'est pas important. C'est pas de ça dont je veux parler. C'est de mon genou, de mon mal, de la douleur en général, et surtout de la douleur qui nous fait oublier les autres douleurs.

* * *

— Qu'est-ce que tu lis, chérie?

— C'est le dernier Alexandre Jardin.

— Comment ça s'appelle?

— *La fleur de mon péché*.

— C'est bon?

— Bof.

En ouvrant la porte, j'ai senti que quelque chose serait différent. Un grincement, une charnière mal huilée, mon esprit trop huilé, l'heure tardive. C'est rare que je fasse de l'*overtime*, mais quand j'en fais je deviens moelleux. Mœlleux de l'intérieur, malléable peut-être. En ouvrant la porte, j'ai senti que quelque chose dérangeait, que Sophie n'était pas dans son assiette dans son fauteuil en robe de chambre, dans le salon, dans son livre. Son livre bof.

— Salut chérie, c'est moi.

— Salut. Tu rentres tard.

— Je t'avais avertie.

— Oui, mais tu rentres tard pareil.

J'avais faim, pas mangé depuis midi, grignoté un biscuit, pas vraiment plus. La cuisine était propre, un peu trop propre, j'aime quand ça traîne un peu, ça fait humain. Je me suis laissé traîner un peu, en attendant que mes pâtes se réchauffent. Four en *stainless*, je me vois dedans mais embrouillé. J'ai une coupe de cheveux embrouillée, j'ai l'air fatigué, j'ai l'air embrouillé.

— T'es là chérie?

— Oui, je suis dans le salon.

— Qu'est-ce que tu fais?

— Je lis.

— T'as passé une belle journée?

— Correcte.

Il y avait un pli dans le tapis du salon. Au lieu de l'arranger, je l'ai regardé toute la soirée. En mangeant, en parlant, en me taisant. Les yeux fixés sur le pli. Si ça n'avait pas été le pli, ça aurait été la tache sur le mur. Ou le grain de beauté sur votre joue. N'importe quoi pour ne pas regarder Sophie dans les yeux. Pas quand elle a ses yeux qui parlent. Pas quand elle a ses yeux tout nus.

— Viens-tu te coucher, chérie?

— Pas tout de suite.

— T'es pas fatiguée ?

— Je veux finir mon chapitre.

Devant la porte, avant d'entrer, avant même de sortir ma clé, j'ai pris le temps de regarder le dépliant de pizzeria qui traînait par terre. M'ouvrir l'appétit avec des photos de fromage, de piments, m'ouvrir l'appétit déjà ouvert. Comme si je savais que de l'autre côté de la porte, ça serait pénible. Comme si je savais que ma clé était plus heureuse dans ma poche. J'ai pris le temps de lire les détails du 2 pour 1. Ça expire dans un mois. Et moi, j'expire quand ?

— As-tu fini ton chapitre ?

— Oui. Tu dors pas, toi ?

— Non, je t'attendais.

— Bonne nuit.

— Bonne nuit.

Inspirer, expirer. Respirer pour éviter d'exploser. Dans mon lit, notre lit dans lequel je suis seul, le drap est mal rentré sous le matelas, j'ai un pied à l'air. Juste assez à l'air pour me faire réfléchir un peu plus que d'habitude. L'attendre pendant qu'elle lit, le lit à moitié défait, je croyais qu'elle me cajolerait parce que j'ai eu une dure journée. Mon pied est à l'air. J'ai froid. Seul dans un lit à moitié défait.

— Dors-tu, chérie ?

— Mmmmnon. Toi ?

— Non. Je peux te poser une question ?

— Laisse-moi dormir.

— Qu'est-ce que t'as, ce soir? Qu'est-ce que j'ai fait?

— Rien, laisse-moi dormir.

— Non, je veux savoir ce qui se passe.

— Bon, O.K. T'sais, dans le livre d'Alexandre Jardin?

— Oui?

— Le gars, il est super romantique, tout doux, tout dévoué pour sa blonde. Toi, t'es pas comme ça. Pourquoi tu fais jamais rien de spécial pour moi. Tu me prends pour acquis, c'est ça?

— De quoi tu parles?

— Des surprises, des lettres d'amour, des petits gestes spéciaux, me semble que c'est pas si compliqué que ça.

— Tu le sais que je suis pas comme ça.

— Ben moi, je commence à être tannée.

— Ben, je changerai pas juste parce qu'un personnage de livre est plus fin que moi...

— Ben, si c'est comme ça, je sais pas si c'est une bonne idée qu'on continue.

Et vous savez ce que c'est. La conversation a duré des lignes et des lignes, des pages, même. Pas de conclusion réelle, mais le lendemain elle paquetait ses affaires, pour un bout de temps. Je sais pas combien de temps. Fatigué, j'avais mal au cerveau. Ce qui va se passer, je n'en ai aucune idée.

Mais je sais une chose.

Alexandre Jardin est un imbécile. Et j'ai mal au genou.

Zéro

C'est un monde comme le vôtre, mais pas tant que ça.

Un monde de gens ordinaires, comme vous, plein de frustrations et de nids-de-poule dans les rues. Un monde de larmes et de rires, et d'argent. Et d'argent.

Un monde de gars et de filles, de filles et de gars, et de tout ce qu'il y a entre les deux. Un monde d'images. Je vous jure, c'est un monde qui ressemble beaucoup au vôtre. Sauf que.

Sauf que, dans ce monde-là, les raisins ont tous des pépins et les cravates sont toutes à pois. Dans ce monde-là, le temps s'arrête de temps en temps, histoire de laisser le monde respirer, histoire de calmer la vie qui trépigne un peu trop.

Dans ce monde-là, il y a moi. Gars ordinaire, pas grand pas petit pas beau. Mais sympathique. Moi qui ne vois pas grand-chose aller. Moi qui me demande, du fond de mon appartement, ce qu'il peut bien y avoir de si tripant à l'extérieur.

Moi. À qui la télé suffit.

*   *   *

Le problème avec la télé, c'est qu'elle peut devenir votre amie. Et quand elle devient votre amie, forcément, vous lui faites confiance. Ce qui signifie que quand elle vous dit qu'une belle fille, c'est une fille d'annonce de *make-up*, vous la croyez. Et plouf, vous voilà plongé dans le triste ravin de l'illusion d'optique. De l'illusion tout court. Et quand, dans ce ravin-là, vous croisez quelqu'un de vrai, ce quelqu'un est ordinaire. Même s'il est momifié dans le *make-up*. Les annonces de bière, Charlize Theron dans *Italian Job*, les blondes de *Seinfeld*. Tout ce qui a des belles boules et des petites fesses, et qui se dandine devant vos yeux cathodiques. La nouvelle réalité. La vôtre. Celle qui rend l'ancienne réalité plate à mourir.

C'est dur, l'amitié.

*   *   *

Aujourd'hui c'est vendredi, et je devrais aller à l'épicerie. Mais il fait froid et il neige, et mon foulard est en miettes, gracieuseté d'Edwin, le pitou qui se répand sur le tapis. Alors *fuck* l'épicerie, ce sera une autre journée Kool-Aid et gâteaux Vachon.

Il est 13 heures. C'est l'heure de se lever. Petite masturbation matinale, puis marche de la chambre au salon. Quoi de mieux que l'exercice pour se tenir en forme? Je suis un gars ordinaire. Avec mes rêves et mes bibittes, avec mes joies et mes surprises. À mon arrivée dans le salon, la télé s'illumine de joie. Salutations, témoignages d'affection, mon amie et moi sommes en route pour une autre journée pleine d'inaction.

Clic.

C'est le moment que choisit le monde pour prendre un *break*. Le temps qui s'arrête. Et avec le temps, l'écran. La neige, le gris et le kssssssshhhhhhhhhh, la télé qui m'abandonne, pourquoi?

C'est le câble qui a lâché.

J'attends une minute, deux, cinq, cent vingt. Toujours rien. J'ai mal aux pouces de me les tourner, j'ai mal aux yeux de ne rien leur offrir à manger. J'ai besoin d'une émission, j'ai besoin d'annonces, j'ai besoin d'images en rafale, de peau lisse et de maquillage, de sport et de musique, de crème à raser et de tapis sauve-pantalon. J'appelle Vidéotron.

Ça sonne.

C'est une machine qui me répond. Elle a l'air gentille, mais c'est une machine quand même. Elle a une belle voix, mais c'est une machine qui me donne plein de choix. Je ne sais plus, je me retrouve à pitonner à m'en rougir le doigt, en avant en arrière, je tricote du cadran téléphonique. C'est une machine mélangée, qui me mélange, c'est une machine cruelle. Je l'interromps d'un «0» bien appuyé. J'aimerais bien parler à quelqu'un qui existe.

Ça sonne.

— Merci d'avoir appelé Vidéotron Alexandra à l'appareil comment puis-je vous aider?

— Euh, salut. J'ai un problème avec mon câble.

— D'accord. Est-ce que je pourrais avoir votre nom?

— Matthieu.

— Nom de famille.

— Simard.

— D'accord, monsieur Simard, qu'est-ce que c'est, le problème?

— Ben, le câble m'a lâché il y a deux heures.

— D'accord. Je vais vérifier, mais en théorie ça devrait être un problème mineur.

— C'est parce que je voudrais pas manquer la reprise de la *game* de hockey d'hier, à RDS.

— Je vais vérifier. Mais, comme je vous dis, ça devrait juste être mineur. C'est quoi votre code postal?

— H2S 2S4.

— 2F4?

— Non, 2S4.

— Un instant, je vais voir sur l'ordinateur... Oups.

— Quoi?

— C'est une interruption majeure dans votre quartier. Ça va être réparé dans 24 heures.

— Vingt-quatre heures?

— Oui, demain midi, à peu près.

— Mais là...

Je suis déçu, bien sûr. C'est un vide énorme devant moi, un précipice à traverser, le moyen Canyon. Je m'apprête à dire «Merci quand même», quand elle comble le silence momentané d'une voix différente. Une voix de tutoiement, chaude même.

— Pour la *game* de hockey, je l'ai regardée, moi, je peux te la raconter.

— Mfhhh.

— Non, sérieux, si ça peut te remonter le moral...

— Comment tu racontes ça, une *game* de hockey?

— Ben, comme ça se passe. Ça peut pas être pire que Jacques Demers...

C'est une voix comme à la télévision, avec du maquillage et douce, enveloppée dans du satin, une voix rassurante. C'est la voix des belles filles à la télé, c'est la voix des pitounes qui habitent mes journées.

— C'est quoi ton nom déjà?

— Alexandra. Toi, c'est Matthieu, c'est ça?

— Oui, c'est ça.

— T'as l'air désemparé pas de câble.

— Oui, ben, de ce temps-ci, j'écoute pas mal la télé, fa que... quand je la perds...

— Je te comprends, je suis pareille.

* * *

Il est 19 h et, dans trois minutes, je vais cogner à la porte d'Alexandra. On s'est parlé pas très longtemps, elle était en train de travailler. Pas très longtemps, mais on s'est fixé un rendez-vous pour le soir même. Elle a dit qu'elle voulait me désennuyer pour ma soirée pas de télé.

Il est 19 h 01 et, dans deux minutes, je vais cogner à sa porte. Je me suis préparé pendant une heure, ça fait longtemps que je n'ai pas eu une *date*, je ne me souviens plus trop comment c'est censé se passer, mais je sais qu'il faut que je sois beau. Alors je me suis préparé tout bien, tout longtemps. Dans le miroir, je me trouve pas mal.

Il est 19 h 02 et je crois que j'ai mauvaise haleine. Et je n'ai pas de gomme. Ni de pouche pouche, ni de Tic Tac. Je fais quoi, je ne suis pas pour parler dans ma main toute la soirée ? On verra.

Il est 19 h 03 et je cogne à sa porte comme si c'était un écran de télé, qui fait ping ping au lieu de toc toc. Si j'avais une télécommande, je changerais de poste en attendant qu'elle vienne ouvrir. La porte comme un écran, la sonnette comme un piton *on-off*, je sonne, elle n'a pas répondu au cognement. La porte ouvre et c'est elle, toute gênée, toute petite, toute jolie et toute souriante, tirée d'une infopub de rouge à lèvres.

On a bu du porto et on a parlé de nos émissions préférées, des *Simpsons* et de *Whose Line is it Anyway?*, du cinéma d'après-midi, des annonces de savon et de Familiprix. Quand je suis rentré chez moi, paqueté pas mal, il devait être 4 h du matin. Dans le taxi, j'ai pensé à elle. On avait baisé comme dans *Bleu Nuit*, doucement et dans le noir, j'avais passé une belle soirée.

Je me suis couché en diagonale dans mon lit, à moitié habillé, l'autre moitié heureux. J'ai fait des beaux rêves.

Clic. Le temps qui reprend.

*   *   *

C'est samedi, il est 14 h, je me réveille. J'ai envie de pisser, j'ai les yeux collés. Débarbouillette dans le visage, la vie qui se réveille, je prends un paquet de toasts Melba dans la cuisine, et, dans le salon, j'allume mon amie.

Yes ! Le câble est revenu.

Réminiscence

Alors voilà. Je viens de me faire domper par une fille de 15 ans, le sac de bretzels est vide et la télé insiste pour me montrer des infopubs. Il y a deux *t* dans mon prénom, mais qu'est-ce que ça donne s'il n'y a personne qui m'écrit?

La dernière fois que j'ai eu quinze ans, c'était en 1984. L'année de rien du tout. L'année de la Buick Skylark 1984. L'année du 81ᵉ anniversaire de la Molson Ex. L'année recrue de Chris Chelios.

1984, l'année de rien du tout. L'année où j'ai rencontré Julie.

Avec Julie, quelques mots ont suffi. N'importe lesquels. Alcool, hormones, amour, à vrai dire je ne sais pas, mais c'était de toute façon voué à la réussite. Et à l'échec, bien sûr. Quinze ans chacun, trente en tout. Trente ans à grandir, à jouer. À apprendre à marcher et à lire et à parler. À tout apprendre, mais à ne rien comprendre. C'est pour ça qu'une relation à 15 ans, c'est beau, mais ça ne dure pas. On ne se pose pas de questions, et c'est bien. Mais on ne cherche pas de réponses, et c'est mal.

J'ai rencontré Julie à l'école, bien sûr. Nous, les intellectuels, nous ne rencontrons pas de filles en dehors de l'école ou du travail. Ou si peu. Julie, donc, c'était à l'école. En 4ᵉ secondaire, cours d'anglais, Julie était une nouvelle à mon école, j'aime bien les nouvelles. Écouter les nouvelles, le soir.

C'est le premier cours d'anglais de l'année, je n'aime pas les cours d'anglais. Il y a cette nouvelle, donc, qui entre dans la salle, et je la trouve jolie, bien sûr. Elle s'assoit en avant, moi je suis dans le fond, comme toujours, pas pour faire des niaiseries, juste pour pouvoir faire autre chose qu'écouter le prof. N'importe quoi, vraiment, dessiner, écrire, lire, des devoirs pour un autre cours, des lettres d'amour à des filles imaginaires, dormir, rêver. Rêver. Puis il y a Kevin, ce prof qui en connaît beaucoup, ce prof trop doux pour être professeur, ce prof qu'on s'amuse à niaiser parce qu'on est des adolescents. Kevin qui prend les présences et qui agrippe mon oreille en disant : « Julie Dagenais. » Julie Dagenais ? Cette Julie Dagenais-là ? J'étais au primaire avec elle. Elle avait un *kick* sur moi, mais elle n'était pas belle. Pas grande en tout cas, et moi j'aimais les grandes, vous savez ce que c'est.

Maintenant elle est belle. Et grande.

Pour les intellectuels comme nous, une situation pareille, c'est une mine d'or aux pépites de diamant. Parce que les *pick-up lines*, c'est pas notre domaine. Alors une occasion aussi belle d'aborder une fille, vous savez, c'est inespéré.

Ça s'est passé à peu près comme ceci :

— Salut.

— Oui ?

— On était au primaire ensemble. Matthieu... tu te souviens?

— Ouiiiiiiiiiiiiii! Cool! T'as pas changé... Je suis tellement contente, ça me fait quelqu'un que je connais. J'étais pas mal perdue, ici...

Et de fil en aiguille, d'aiguille en bas à repriser, de bas en souliers, de souliers en baisers passionnés, oui, bon, vous voyez. Il n'y a pas de logique. Ça s'est passé comme ça, et sans trop qu'on ait à réfléchir, petit à petit, avec des mains qui s'effleurent, de la neige sur l'épaule, des trous dans la mitaine, on s'est embrassés. L'amour sans se demander si c'en était. Les étapes une par une, tranquillement, jusqu'à la baise, et de là, la routine, si jeunes et déjà si vieux. Les choses se sont passées par réflexe, tellement par réflexe qu'on a oublié de s'en parler. De se dire ce qu'on aimait, de se dire ce qu'on voulait. On a oublié de penser. J'ai donc passé un an et demi, comme ça, à ne pas penser. Deux peut-être, je n'ai pas compté non plus.

Un jour, comme ça sans trop de raison, j'ai appelé Julie, oui oui, au téléphone, pensez-en ce que vous voulez, et je lui ai dit que ça ne marchait plus. Fracas minime. Tout est bien qui finit. On a cassé comme on a vécu, par réflexe, sans penser.

Je m'en suis voulu.

*   *   *

Après Julie, il y a eu Josée, vous connaissez l'histoire. Histoire de liste d'épicerie, de tunnel et de tablettes de chocolat. Histoire d'amour sans amour, histoire de routine remplie de vide.

Et après Josée, il y a eu des filles au hasard, dans le désordre. Des rencontres, des cruises, des n'importe quoi et des n'importe qui. Des filles marquantes, d'autres moins. Des aventures, des mésaventures, des réussites plus ou moins réussies, des échecs tout à fait ratés.

* * *

Des filles comme Violaine.

Violaine, c'était tout le contraire de Josée. Autant la fille que la relation. Pouf, badang, kaplong. Une relation d'onomatopées, une fille explosante. Pas explosive, explosante. Elle mérite un mot nouveau juste pour elle.

J'étais rendu à l'université. Nous, les intellectuels, nous allons à l'université. Dans chaque cours, j'étais dans le fond de la classe. Dans le fond à droite. Et dans mon cours d'éthique, elle était dans le même fond que moi, mais à gauche. Pendant deux mois, on ne s'est pas dit un mot. On ne s'est même pas regardés, ou si peu, pas plus que les autres nonos en avant qui écoutent le prof, en tout cas. La plupart du temps, j'étais concentré sur la face du bonhomme pas d'oreilles que je dessinais au crayon directement sur le bureau. C'est niaiseux, faire des œuvres d'art sur des bureaux d'école qui vont se faire laver le soir même. C'est comme passer des heures sur un Etch A Sketch. Des heures à faire des dessins carrés. Effacés le soir même. Et là, j'imagine le concierge brasser mon bureau pour tout effacer, et ça me fait rire. Excusez-moi.

Vous avez déjà écrit «*fuck*» sur un Lite-Brite ? Moi non plus.

Retour à l'université. Mi-novembre, nous avons eu un travail à faire dans mon cours d'éthique. Un travail comme je les déteste, un travail de bibliothèque, long travail, dur travail, recherches, photocopies, des trucs plates à mort. Mais il fallait le faire, je crois, parce que je me suis retrouvé à la bibliothèque, à fraterniser avec cette fille, cette Violaine, qui n'aimait pas plus la bibliothèque que moi. Des heures qu'on a passées à la bibliothèque à ne pas travailler. À jaser, à discuter, à réfléchir, à théoriser sur tout et rien. Tout sauf travailler. Un échange de cerveaux. Puis, je me suis lancé sur Violaine, qui ne m'a pas repoussé. Pas du tout, même. Échange de salives, maintenant.

La bibliothèque, lieu de vices. Insérez ici toutes les onomatopées que vous connaissez, et aussi celles de Batman. Kaplong.

Avec Violaine, ce fut une relation animée. Courte, violente, explosive. Explosante. On a botché le travail pour le cours d'éthique ensemble entre deux baises, on a changé quelques mots d'une copie à l'autre, même si ce n'était pas un travail d'équipe.

Et deux semaines plus tard, on s'est retrouvés devant le comité de discipline de l'université. Plagiat. Les choses avec Violaine s'étaient passées bien vite, bien plus vite que je croyais possible, à la vitesse des histoires de films de cul, c'est dire. Il fallait donc que ça se termine de la même façon. Comme dans les films de cul. Pas de conclusion, il se passe quelque chose, puis pouf, il ne se passe

39

plus rien, c'est fini. Devant le comité de discipline, elle m'a reproché de l'avoir copiée, elle a dit qu'elle avait fait tout le travail et que je l'avais récupéré, et que comme elle n'était pas capable de dire non, elle avait accepté que je la copie. Je l'ai trouvée *bitch*, vous la trouvez *bitch* vous aussi, je le vois dans vos yeux. En sortant de l'audience, je l'ai engueulée, elle m'a dit que si j'étais pas content, j'avais juste à la laisser. Je l'ai laissée.

Kaplong.

*   *   *

Des filles comme Amélie.

Il ventait atrocement le jour où j'ai rencontré Amélie. Un vent à en écorcher les œufs, ou quelque chose comme ça. À vous en arracher les ailes. De ma petite table sale du café un peu sombre, je voyais ma moto par la fenêtre, stationnée dans une pente, et je me demandais si le vent pourrait la renverser. Une bourrasque qui ferait flouche, et la moto qui ferait klonk. Ça doit être possible. De ma petite table sale du café un peu sombre, j'avais de la difficulté à détourner les yeux de mon jouet.

— Tout est beau ici ? me demande la serveuse-caissière-concierge-beauté-fatale du café.

— Mmm ?

— Tout est correct ?

— Ah oui oui, que je fais en ne tournant même pas la tête.

— C'est un beau jouet que t'as là...

C'étaient un peu les mots magiques, la formule secrète qui m'a fait tourner la tête, et qui m'a obligé à la regarder dans les yeux. Et à voir dans ces yeux toute la douceur du monde, cette volonté de plaire, cette volonté d'être aimée pour mieux pouvoir aimer. Un grappin qui vous arrache la gorge. Sésame, ouvre-moi.

On a parlé de moto, de ma moto surtout, on a parlé de la route, on a parlé de moi. Elle m'a demandé si je voulais lui faire faire un tour, je lui ai dit que je n'avais pas de deuxième casque avec moi ; elle m'a dit qu'elle en avait un, elle, chez elle, juste à côté. On a roulé pendant une demi-heure, une inconnue qui vous tient par la taille, des caresses inconnues, le charme. On a roulé, et je ne m'en souviens pas. Tout ce dont je me souviens, ce sont les mouvements de ses mains, fins mouvements, fines mains.

Puis on est revenus chez elle, elle m'a dit son nom. Et je lui ai dit le mien, avec les deux *t*. Elle m'a donné son numéro, en me disant que si je voulais rouler avec elle encore, j'avais juste à l'appeler.

Je l'ai appelée. On est sortis ensemble pendant un an. Une drôle de relation. On n'avait rien à se dire, mais ça ne dérangeait pas. On se parlait avec les yeux, avec les sourires, avec la bouche, mais sans bruit.

Et c'est comme ça qu'on s'est laissés. Sans dire un mot, avec des regards, sans vraie raison, juste parce que c'était fini. Pas de larmes, pas d'adieu. J'ai vendu ma moto, m'en suis racheté une autre.

*   *   *

Des filles comme Claude.

Le stéréotype de la grande blonde mince poupoune qui se poupoune sans arrêt. La grande blonde mince que tous les gars regardent dans la rue, que tous les gars cruisent dans les bars, que tous les gars déshabillent dans leur tête. Une amie d'une amie d'un ami d'une amie d'un ami. J'ai rencontré Claude dans un *party* d'amis. Elle m'a trouvé cute parce que j'ai rougi quand elle m'a dit bonjour, parce qu'elle m'a dit bonjour quand je regardais ses seins. J'ai dit bonjour à ses seins, et j'ai rougi. Et je suis parti me chercher une bière dans le frigo, dans la cuisine, dans le désert loin loin. Elle a été séduite par le fait que je ne lui courais pas après. Et après quelques bières, le désert ça assoiffe, j'avais la langue un peu moins dans la poche, et quelques heures plus tard, la poche pas loin de sa langue à elle. Dès le lendemain, je n'ai pas cru à ma relation avec Claude, contrairement à elle.

Pendant six mois, elle y a cru, pendant six mois, je savais que ça n'allait nulle part. Une heure pour s'arranger chaque fois qu'elle sortait. Les gars qui la cruisaient sans arrêt. C'est épuisant, tout ça. Divertissant pendant quelque temps, valorisant aussi de voir les amis être éblouis quand on sort en gang. Mais rien de très stimulant. Je me suis tanné. Je l'ai laissée. Elle a eu le cœur brisé. Une première pour moi. Je suis resté de glace.

C'est la vie. Je n'ai de sentiments que pour moi.

* * *

Et des filles comme Daphnée.

J'étais célibataire depuis plusieurs mois quand j'ai rencontré Daphnée. De beaux mois, des mois à m'amuser avec ma tête, à vivre pour moi, à m'aimer. Ce soir-là, j'étais à une grosse réunion d'anciens du secondaire, avec toutes les questions plates, les histoires toutes pareilles, les vies banales qui ressemblent à la mienne. J'étais en train de me demander pour la quatorzième fois ce que je faisais là quand un grand gars dont je ne me souvenais pas m'a serré dans ses bras, en me disant qu'il pensait à moi souvent, et qu'est-ce que je devenais? Je lui ai répondu que je m'aimais beaucoup, et que c'était à peu près ça, et il m'a présenté sa blonde, Daphnée. Puis il est parti serrer quelqu'un d'autre dans ses bras, mais elle est restée. On s'est assis, et on s'est raconté nos vies, et c'était cool. On a ri, je lui ai laissé ma carte.

La semaine d'après, elle m'a appelé, on est allés prendre un café. On a ri, et je lui ai rappelé qu'elle avait ma carte.

La semaine d'après, elle m'a rappelé, on est retournés prendre un café. On a ri et on s'est embrassés.

La semaine d'après, elle m'a rappelé pour me dire qu'elle avait cassé avec le grand gars qui serre les gens dans ses bras, et est-ce que je veux aller prendre un café?

Tranquillement, on a bâti quelque chose de très beau. De très vrai, de très humain. Et je me suis rapproché du bonheur comme jamais auparavant. On est sortis ensemble pendant quatre ans, deux mois et seize jours. Tout ce temps-là, je n'ai jamais cessé de l'aimer. Ma petite Daphnée. L'amour de ma vie, j'aurais juré que ça durerait toujours. Je me serais trompé, bien sûr.

Il y a toujours quelque chose pour nous rappeler qu'on n'a pas le droit d'être si heureux. Quelque chose pour nous souffler des larmes. C'était un mardi, je crois, ou un jeudi, je rentrais du travail un peu plus tard que d'habitude. Avec la hâte, avec l'envie. Hâte d'être chez nous, de voir Daphnée, envie de la serrer dans mes bras.

Quand je me suis approché d'elle pour la toucher, toucher sa peau et ses vêtements, sentir son parfum, serrer son odeur le plus fort que je pouvais, elle a reculé. Un petit pas de rien, juste assez pour que je voie, pour que je sente. Un petit pas qui m'a arrêté, et j'ai regardé dans ses yeux, et j'ai tout vu.

Ce pas, c'était le même qu'elle avait fait à son ex quelques semaines après notre rencontre.

— C'est qui?

— Il s'appelle Martin. J'ai jasé avec au *party* où tu m'as emmenée le mois passé. On s'est rappelés, puis, ben, t'sais...

Oui, je sais.

* * *

L'amour, vous dites?

Oui. C'est le fun en crisse, l'amour.

Ta sœur

— Oui, mais je nage bien.

— Peux-tu retenir ton souffle pendant 150 ans?

* * *

C'était dans le temps de Noël, avec le père Noël et son traîneau, avec les cheminées et les cadeaux, le sapin, l'étoile sur le dessus, la neige, le ciel tellement noir de Saint-Jovite. L'air frais et bon, l'air léger, la neige qui fait scouique scouique, la paix. Rajouterais-tu une bûche dans le foyer, Matthieu? Ça sent bon, le feu, et les amis sont tous là, à se réchauffer autour. On est montés au chalet le matin, on a joué au hockey toute la journée, il me semble, on est morts. On joue à *Quelques arpents de pièges*, on ne connaît pas une maudite réponse, on rit. Qui était Bill Tardif dans *L'amour morose* tourné en 1976? Je sais pas, Alain Delon?

Le temps ne change pas, la vie ne change pas, c'est l'histoire qui continue, presque morte, l'histoire qui continue. Marco, Steph, Sébastien, J-F, salut les gars. Vous y êtes, près du feu, à répondre Alain Delon, à rire. Puis il y a les filles. C'est moins important, on est une gang de gars. Les filles comme accessoires, parce qu'on est jeunes et qu'il en faut, parce qu'on sait bien qu'on ne pourra jamais s'en passer. Ma blonde, ses amies, sa sœur, les filles comme il en faut, les filles qui font rêver les soirs d'hiver dans le temps de Noël quand on est fatigué.

Le temps passe, il doit être 3 ou 4 heures du matin, on en a perdu quelques-uns, les mêmes que d'habitude. On ne joue plus, on parle. Je suis à moitié endormi, au quart réveillé, ma blonde est couchée sur moi, je crois qu'elle dort. On est rendus dans les conversations intenses, les lourdeurs de fin de soirée, l'amour, la peur, le destin, ces choses-là. De temps en temps, je dis quelques mots, une *joke*, la plupart du temps. C'est mon mécanisme de défense quand la conversation ne me touche pas, ou ne me plaît pas. Ou tout le temps, au fond. Autour, ça ne rit pas fort. À peine si la sœur de ma blonde sourit, des fois Pascal en rajoute, et là, le monde rit un peu plus.

Au cœur d'une conversation sur la grandeur de l'univers, mes yeux tombent dans le coma; ils restent ouverts, mais ne bougent plus. Ma tête part dans sa propre conversation intérieure, mes oreilles se ferment. Je me mets à observer la sœur de ma blonde. Les cheveux longs, les yeux qui parlent, coquins, complices, des yeux amusés, amusants, dans lesquels je me vois. Mignonne, une bouche à faire rêver, surtout quand elle sourit. Fins, les traits, puis le charisme qui vient avec. Elle doit en briser, des cœurs, que je me dis.

Et je m'endors. Zzzzzzzzzzzzzzzzzzz, comme dans les bandes dessinées.

Au petit déjeuner du lendemain, les croissants sont bons, les bouches sont pleines, on ne parle pas trop. Les paupières sont enflées, trop peu de sommeil. Je crois qu'on a tous hâte de s'en retourner en ville, on évite les regards pour éviter les questions, pour éviter les débats, pour éviter les délais. Je suis en paix, c'était une belle soirée, hier.

En me penchant pour ramasser un croissant dans l'assiette au milieu de la table, mon regard tombe en plein dans les yeux de la sœur de ma blonde, assise en face. On détourne la tête, pour éviter. Étrange, par contre, cette fraction de seconde qui a duré assez longtemps pour que mes pensées de la veille m'accrochent, pour que je revoie toute cette jolitude, pour que je l'observe encore, ces yeux qui parlent. Un vingt-quatrième de seconde, à encadrer.

Dans l'auto, c'est moi qui conduis vers Montréal. Les trois autres dorment. On est partis un peu avant les autres, pour rien. Je roule tranquillement, je suis plutôt fatigué, pas le goût de faire de la vitesse. La route est sèche, grise ou blanche, les autos font de la fumée : il doit faire froid. Je pense aux niaiseries qu'on a dites hier, on peut en dire, des niaiseries, en une soirée. J'ai déjà hâte à la prochaine fois, j'aime le froid quand il m'apporte de la chaleur. Dans le miroir, je vois qu'un des gars m'a rattrapé. Il me dépasse, je regarde, ils ont l'air de dormir là-dedans aussi.

KMK 660, 066 LZQ, F30865, je lis les plaques pour me garder réveillé. Dix minutes plus tard, c'est au tour de la sœur de ma blonde de me rattraper. Elle me dépasse, je regarde. Elle sourit, elle me fait un tata.

Je crois bien que ça y est.

*   *   *

Il y a des façons fantastiques de se mettre dans la marde. Tomber en amour avec la sœur de ta blonde. Ce n'est même plus une fine couche de glace sur laquelle il faut être prudent. C'est un lac sans fond et dix tonnes de béton attachées à tes chevilles.

En dessous

Ça fait 150 ans que je suis ici. Au fond de l'eau, à respirer des gorgées, à respirer vide, à respirer mort. J'ai oublié l'en haut. Je ne me souviens plus de la surface, des gens, des visages, des mots. J'ai perdu le nord et l'est, et l'ouest et le sud, j'ai perdu la mémoire et les joies. En 150 ans, il a dû s'en passer, mais ça doit toujours être pareil. Il y a encore des vagues, j'en suis sûr. Il y a encore des sourires, ça aussi.

J'ai vu tous les tons de gris, j'ai vu toutes les grisailles, les reflets de sommeil et les éclats d'ennui. J'ai eu peur, j'ai douté, j'ai appris à me désaimer. J'ai décidé que je ne savais pas quoi faire. J'ai choisi de ne plus décider. J'ai eu mal, je me suis brûlé, je me suis tordu, je me suis maladé.

Sous l'eau pendant 150 ans, on croit avoir le temps de réfléchir et puis non. On nous parle, tout le temps, les algues, les courants, l'eau, l'eau, l'eau. On nous parle, on nous critique, on s'en va pour revenir. Moi, je réponds, je crie, je rappelle, j'attends l'écho. Moi je me laisse vivre, au fond du lac sans fond, j'évite de voir, j'évite de savoir. J'attends.

Ça fait 150 ans que je suis ici. Voir en haut ? Je ne sais pas. Je ne crois pas. Non, merci, je vais rester ici, à respirer des gorgées. C'est ce que je connais le plus.

Histoire de souliers

Hier matin, j'ai vomi dans le métro. Comme un délinquant poche trop *stone* pour savoir ce qui se passe. Comme un gars encore saoul de la veille qui aurait dû rester couché.

La foule de plus en plus proche de moi, le monde qui se serre et se bat pour dix centimètres du précieux poteau, tenir le poteau comme s'ils tenaient le flambeau olympique, gagner sa place sur le podium des meilleurs – où sont les médailles, dites-moi ? Serrer le poteau comme si c'était de l'or, le bras de son fils, serrer le poteau comme si c'était le Graal, la main de Dieu, la cheville de sa blonde qui s'en va pour un autre, plus musclé.

Ceux qui perdent, les *losers*, ils se tiennent après n'importe quoi d'autre. Le mur, le plafond, mon bras. Et de station en station, plus il en rentre, moins on a besoin de se tenir après quoi que ce soit. On tient tout seul, élevé par le nombre, tous pour un, un pour tous, un gros poteau humain. On a tous gagné.

Laurier, ça va encore pas si pire. Pas trop d'air, beaucoup trop de chaleur, surtout la chaleur humaine qu'on ne veut pas, celle des gars qui vont travailler, la chaleur humaine qui ne vient pas de cette fille qu'on aime et qui nous colle le soir parce qu'elle nous aime aussi. Encore un spot ou deux de libres sur le poteau béni, encore la chance de gagner son ciel souterrain.

Mont-Royal, oups. Quatre personnes de plus, dont une jolie fille, qui vient se planter presque devant moi, comme pour me défier de la cruiser.

Sherbrooke, ça respire plutôt lourdement, je commence à être un peu étourdi. J'essaie de penser à autre chose, genre le printemps qui arrive dans trois mois, les minijupes, le cul, mon ex, le cul avec mon ex, et soudainement j'ai encore plus mal au cœur. L'estomac un peu à l'envers, sans raison, il faudrait que je le remette du bon bord, mais j'ai pas de place pour me tenir sur les mains, pas de place et surtout pas le *guts*, ni l'intérêt ni rien du tout, laissez-moi respirer. Un vieux entre et se colle sur ma néo-douce, qui me regarde d'un air de dépit quand les mains du nouveau venu lui empoignent les fesses avec assurance. Les portes se referment, et nous sommes unis comme une équipe de hockey sans talent, par obligation, le gros poteau humain et le cœur à l'unisson, sauf le mien qui se débat de plus en plus vite et qui me remonte la gorge au même rythme. Le wagon balance et, avec, les seins de la jolie fille. Je sais que le gars qui s'accroche à son cul aimerait bien changer ses mains de place, je sais que dans sa tête, comme dans la mienne, il voudrait lui prendre les seins par derrière et se frotter le poteau personnel sur ce derrière qu'il pétrit sans s'en faire. Je sais qu'il s'imagine relever sa jupe et la baiser, là, devant tout le monde, par derrière. Et qu'il est convaincu qu'elle aimerait ça. Moi, je sais qu'elle n'aimerait pas ça. Mais je n'arrive même plus à voir quoi que ce soit, ça devient noir devant mes yeux, mou au-dessus de mes genoux. Je m'accroupis, un petit bonhomme ridicule, et j'imagine que les gens me voient et se demandent ce qui se passe.

Berri-UQAM. Je vomis sur les pieds de la jolie fille. Juste avant qu'elle sorte avec tout le monde. Je lève les yeux vers elle et elle me trouve dégueulasse, et tout le monde s'en va en feignant de n'avoir rien remarqué. Je me lève et en retrait, un peu, sur le quai, quand d'autres se sont battus pour récupérer sur le poteau divin les germes laissés par les autres, quand les portes se coulissent des passagers, moi et elle sur le quai, tout seuls, elle en maudit d'avoir les souliers pleins de sucs gastriques, moi en maudit d'avoir la tête pleine de gêne.

* * *

— S'cuse.

Tout ce que j'ai trouvé à dire. Un demi-verbe, pas de sujet, pas de complément, pas même un sourire pour accompagner. Juste un mini-s'cuse, juste ce qu'il fallait pour étoffer mon nouveau look de psychotique sans intérêt.

* * *

Je m'attendais à recevoir un coup de pied vomi. Elle a souri. Le genre de sourire sincère, à deux cheveux d'un rire, à deux doigts de s'amuser. Le genre de sourire qui fait sourire, en vous imprimant des points d'interrogation sur le coin de la lèvre. Elle m'a tendu un miroir, tout petit mais juste assez grand pour que je puisse voir la tête que j'avais. Et j'ai compris pourquoi elle souriait, en regardant mon visage tout blanc, plus blanc que blanc, javellisé par mon malaise, et mes oreilles et mon nez tout rouges, écarlates d'avoir ramassé tout le sang de ma gêne. J'avais la tête en drapeau canadien.

— Tu fais ça souvent, vomir sur les gens? qu'elle m'a demandé, à moitié reproche et à moitié reproche aussi.

— Oui. Ça change l'haleine du matin...

Ça, c'est ce que j'aurais aimé répondre. Mais c'est toujours la même histoire, vous savez, les répliques cool, on les trouve toujours le lendemain. Dans les faits, j'ai répondu: «Euh...» Un bon euh bien appuyé, tout de verve et de lyrisme. Un bon euh de troubadour.

N'empêche, même si je me sentais ridicule et niaiseux et tout, j'ai eu un bon réflexe de p'tit gars bien élevé. J'ai sorti des mouchoirs pour essuyer ses souliers, et je me suis penché. Et elle m'a interrompu.

— Laisse faire, ils sont finis de toute façon, c'est du suède, ça a déjà tout bu.

Moi, je l'ai crue, même si c'était louche. Je n'étais pas vraiment en position de rouspéter. Pas vraiment en position de la contredire. Pas vraiment en position de quoi que ce soit, d'ailleurs.

Sauf que bon, elle ne pouvait quand même pas passer la journée avec des souliers vomis, et je lui ai fait remarquer.

— Tu peux quand même pas passer la journée avec des souliers vomis.

— Je sais bien, mais est-ce que j'ai le choix?

— Ben... oui. T'as juste à prendre mes souliers à moi.

Et pour ne pas lui laisser de chance, je les ai enlevés et les lui ai donnés.

— Tu portes du combien? lui ai-je demandé.

— Du 10, m'a-t-elle répondu.

* * *

Comme ça, comme rien, sans vraie logique, sans que je comprenne trop ce qui s'était passé, je me suis retrouvé nu-pieds dans la rue, seul, à magasiner des souliers de fille, avec le numéro de téléphone d'une beauté dans mes poches.

Chez Aldo, ils m'ont regardé bizarre. Au lieu de sauter à cinq sur moi pour me dire bonjour, ils ont eu un mouvement de recul en voyant mes pas-de-souliers. J'aurais cru qu'il y avait plus de monde que ça qui entrait chez Aldo sans souliers, justement pour en acheter, mais ça n'a pas l'air.

Après quelques minutes, il y en a un qui a pris son courage à deux mains pour le bonheur de mes deux pieds.

— Est-ce que vous cherchez quelque chose en particulier?

— Ben, des souliers.

— Un style en particulier?

— En fait, j'ai besoin de deux paires: une paire pour remplacer mes sandales invisibles, là...

— O.K. (dit-il avec dans les yeux la crainte du gars qui pense avoir affaire à Ted Kaczynski).

— Et une autre paire, des souliers de fille.

— O.K. (dit-il avec la certitude que j'étais pire que Ted Kaczynski).

Avant qu'il n'appelle le 911, je lui ai tout expliqué, il a ri de soulagement, et on s'est mis au boulot. Pour moi, n'importe quoi, les moins chers, c'est pas grave, je récupérerais mes vrais bientôt.

Pour la fille dont j'ignorais le nom, c'était une autre histoire. Ils se sont mis à quatre sur mon cas et m'ont bombardé de questions.

De quoi elle a l'air : grande et mince.

Elle était habillée comment : en noir, je pense, style classique, je pense.

Ils avaient l'air de quoi les souliers pleins de vomi : ils étaient pleins de vomi, mais en suède.

Combien tu veux mettre sur ces souliers-là : je sais pas, combien ça vaut du suède ?

Quelle pointure : du 10.

Elle a ben des grands pieds : ben oui.

On a trouvé tous ensemble une paire qui faisait l'unanimité. Je les ai payés une fortune, il va de soi, mais je n'ai pas acheté de pouche pouche pour les imperméabiliser. Quand même.

* * *

— Allô ?

— Euh.

— Oui ?

— Euh, je sais pas si je parle à la bonne personne, je voudrais parler à une fille qui m'a donné son numéro ce matin dans le métro.

— C'est moi.

— O.K., cool, euh, ben, je t'ai acheté des souliers, je voudrais te les donner.

— C'était pas nécessaire, t'sais.

— Mais là, t'as mes souliers préférés en otage, fa que...

— Fa que tu veux absolument payer une rançon?

— Ouais, c'est ça.

— O.K., ben, je pourrais passer chez toi ce soir, t'habites dans quel coin?

— Drolet-Beaubien.

— J'm'en vais par là de toute façon. Donne-moi ton adresse, je passerai plus tard.

*   *   *

Quand j'ai ouvert la porte, sa grandeur m'a frappé encore plus. Et sa minceur, et son visage, magnifique, et, dans sa main, mes souliers.

— Tiens, tes souliers. Ça va-tu mieux, le cœur? m'a-t-elle demandé avant même que je puisse lui dire allô.

— Oui oui, c'est correct.

— Fa que j'peux entrer sans trop de risque que tu te répandes encore sur moi?

— J'suis vraiment désolé, t'sais, j'sais pas quoi dire, que j'ai dit en ne sachant pas quoi dire.

— C'est correct, c'est pas la fin du monde.

— Entre, entre.

— C'est pas grand ici, qu'elle a dit en constatant qu'en allongeant le bras elle pouvait presque toucher le mur du fond.

— Mais c'est chaleureux...

— Fa que comme ça, tu m'as acheté des souliers?

— Oui. Me semble qu'ils sont pas pire, mais je sais pas si tu vas les aimer...

C'était comme donner un cadeau de Noël à une inconnue. D'un côté, c'est jouissif de donner, et de l'autre, c'est effrayant de ne pas connaître la fille. Comme une peur amusée, un stress incontrôlé et des points d'interrogation pour ce qui se trouve dans une boîte bien ordinaire.

— Wow, sont don' ben beaux...

— Tu trouves?

— Je suis impressionnée.

— Tu les aimes?

— Sont écœurants, t'as dû payer ça une fortune.

— Ben, regarde, avec ce que j'ai fait, je pouvais pas vraiment faire autrement.

— Je les aime. Je les aime vraiment.

Elle les a essayés, m'a fait une petite parade, petite, c'est pas grand chez moi. Elle avait le sourire, un sourire sincère, qui se lit dans les yeux qui regardent les pieds.

— Il faudra juste que je m'achète du *stuff* pour les imperméabiliser...

— Oui, il paraît que c'est important. Moi, je connais pas trop ça.

— En tout cas, t'as bon goût. T'es vraiment fin de m'avoir acheté ça.

— C'est normal, ça fait plaisir.

Je me suis senti rougir, encore. Je me sentais bizarre, avec cette fille trop contente chez moi. J'ai eu peur du silence, peur de ne pas savoir quoi dire, peur d'être malade encore, peut-être. Il fallait que je dise quelque chose, n'importe quoi.

— Veux-tu t'asseoir?

— Non merci, faut que j'y aille.

Dommage. J'aurais aimé qu'elle reste, qu'elle continue la parade. Elle a remis ses souliers dans la boîte, la boîte dans un sac, et elle s'est retournée vers la porte. Rendue là, elle a tourné la tête, juste la tête, vers moi, a souri, a parlé.

— Mais si ça te tente, on pourrait aller prendre un café à un moment donné?

Euh. Qu'est-ce qu'on dit dans ce temps-là?

— Ouais, ce serait le fun. Je pourrais vomir sur ton manteau, pis t'en acheter un autre.

— Si tu m'achètes un manteau aussi beau que les souliers, ça me dérangerait même pas.

En partant, elle m'a donné des becs sur les joues, comme si elle n'était pas tant une inconnue, comme si ce Noël improvisé nous avait rapprochés réellement. Juste avant que je referme la porte, elle m'a dit:

— Je vais t'appeler, promis.

* * *

Pourquoi je vous raconte ça? Pour que vous sachiez que si une fille vous plaît, vous avez juste à vomir sur ses souliers. Ça marche.

L'argent, l'amour, la santé

J'ai rencontré un génie l'autre jour dans un bar.

Bar branché, lumières tamisées, sofas confortables, les filles en petites robettes sexy qui n'osent pas s'écraser, le dos droit sur le coin du coussin, les jambes croisées, la classe. C'était plein de monde, plein de mode, vraiment très plein, des grands gars forts, des grandes filles minces, des milliers de dollars de vêtements par mètre cube, qu'est-ce que je faisais là, me direz-vous. Je m'étais trompé. C'est à côté que je devais rencontrer des amis, mais j'ai mal lu l'adresse, et je suis entré là, dans ce bar surbranché, une chance que j'étais propre.

En entrant, je ne voyais pas grand-chose, lumière tamisée je vous l'ai dit déjà, et plein de monde, je vous l'ai dit aussi. Dans ces circonstances, la recherche des amis est difficile. J'aurais parié qu'ils étaient complètement au fond. J'aurais perdu, bien sûr. Mais je ne le savais pas à ce moment, et il fallait que j'aille voir. En glissant d'un carré du plancher à l'autre, en frôlant toutes ces peaux bien hydratées, en effleurant contre mon gré les seins de ces filles superbes, je me suis senti un peu mal et, d'un geste de recul, j'ai un peu frotté une lampe sur patte *groovy* qui mettait de l'ambiance. Et il y a un génie qui en est sorti.

— Bon ben, j'ai pas le choix, tu m'as fait sortir de là, t'as droit à trois vœux. Mais viens dehors, on étouffe ici.

Moi, j'aurais cru qu'on étouffait plus dans une lampe que dans un bar, mais je n'ai jamais vraiment été dans une lampe. J'ai suivi le génie jusque sur le trottoir. C'est vrai qu'on était mieux là qu'à l'intérieur, et, en plus, le génie risquait moins de se sauver de moi comme ça. On ne sait jamais, des génies malhonnêtes, ça doit exister...

— J'ai trois vœux, c'est ça?

— Oui.

— Je peux-tu commencer par le troisième?

— Han?

— Non, non, c't'une *joke*.

— Ah bon! Si tu veux, tu pourrais faire le vœu de devenir drôle...

J'étais tombé sur un génie baveux. C'est bien ma chance, ça.

— Je peux-tu faire le vœu d'avoir douze vœux?

— Je l'ai déjà entendue, celle-là.

— Moi aussi, mais je la trouvais bonne.

— Pas moi. Non, tu peux pas.

Finalement, ce n'était pas tant un génie baveux qu'un génie bête.

— Je peux-tu faire un vœu qui a rapport à l'amour?

— Oui.

— C'est parce que dans Aladin, il pouvait pas...

— Ici on est pas dans la tête de Walt Disney, on est dans la vraie vie.

Bête et réaliste. Le pire type, j'imagine. Qu'est-ce qu'il faisait dans une lampe *groovy*?

— Est-ce que vous choisissez vos lampes?

— Écoute, j'ai pas le temps de répondre à toutes tes questions niaiseuses, fais tes vœux, qu'on en finisse.

Bête, réaliste et impatient. Ou bien c'est moi qui suis fatigant... Bon. Trois vœux. En théorie, si on est intelligent, c'est deux de trop. Mais là, je vais splitter le vœu idéal en deux, j'ai pas très envie de me faire engueuler par le génie. Premier vœu: l'argent. Bon, je sais, l'argent ne fait pas le bonheur, mais je vous y verrais, moi, avoir trois vœux et pas prendre d'argent...

— Dix milliards de dollars dans mon compte de banque, en permanence. C'est mon premier vœu.

— C'est fait.

— Pas de feux d'artifice, pas de fumée, pas d'explosion, c'est tout. Tu réalises les vœux comme ça, sans spectacle?

— Tu peux faire le vœu d'avoir des explosions, de la fumée et des feux d'artifice, si tu veux.

— Non, ça va aller... Mais là, je suis vraiment milliardaire?

— Oui.

Cool. Deuxième vœu : l'amour, bien sûr. C'est ce qu'on veut tous, n'est-ce pas ?

— Mon deuxième vœu, c'est que Charlize Theron et moi soyons en amour l'un avec l'autre pour le reste de nos jours, à partir de maintenant.

— C'est fait.

Et pouf, je me suis retrouvé avec Charlize Theron enlacée autour de moi, comme ça. Et mon Dieu, j'étais vraiment en amour avec elle. La puissance d'un génie, c'est fou.

— Mon troisième vœu, c'est la santé éternelle pour moi et Charlize.

— C'est fait, mais ça ne te rend pas immortel.

— Pas de problème, c'est déjà pas mal.

— Au revoir.

— Merci, génie.

— Oui, c'est ça.

* * *

Et c'était le début de ma nouvelle vie.

L'argent, c'est chouette l'argent. On peut tout faire, tout le temps avec n'importe qui. On devient beau grand fort et séduisant du jour au lendemain, tout le monde en veut, de notre argent. On devient tout ce que j'ai toujours voulu être, beau grand fort et séduisant, le meilleur, le plus fin, c'est ce qu'on me dit, en tout cas, et je préfère le croire.

On est invité dans les *partys* les plus *fashion*, c'est drôle. Tenez, la semaine passée, je me suis retrouvé dans un salon, ou quelque chose comme ça, je ne savais même pas que ça existait. Je ne connaissais personne, tout le monde me connaissait. Il y avait là les plus belles filles de l'univers et à mesure que les *drinks* apparaissaient dans ma main, elles se rapprochaient de moi. À la fin de la soirée, elles étaient quatre ou cinq à me toucher, à me raconter des niaiseries, à me parler dans des langues que je ne connaissais pas. Plus belles les unes que les unes, et les autres aussi, elles voulaient toutes que je retourne à leur hôtel. Elles me léchaient le lobe.

Et moi, je vous jure, j'en avais envie, de ces filles. Toutes, pas une plus que l'autre, c'était le paradis. Je voulais aller à leur hôtel, mais au fond de moi, il y avait ce petit malaise, l'amour. J'aimais Charlize, et toujours cette petite pensée pesante que, par amour, je n'avais pas le droit. J'ai quitté les déesses avec ce drôle de *feeling* – le *feeling* de m'être fait fourrer – et je suis rentré au manoir, mon chez-moi de néo-riche.

*   *   *

Aujourd'hui, on est rendu aujourd'hui, et, pour être honnête, ça me pèse. Pas l'argent, l'amour. Ce constant sentiment de culpabilité, cette petite chaîne qui m'étrangle chaque fois que j'ai envie d'une autre fille – chaque jour. Condamné à aimer, oui, je l'aime, mais ce n'est pas suffisant, et je suis piégé, la cheville dans des crocs de métal, dans la neige, au froid, et pas moyen de me ronger les os pour m'en défaire. L'amour éternel comme une obligation, comme un corridor sombre qui ne semble pas vouloir finir.

*   *   *

Cela pour dire que si vous voulez mon avis, ce qui ne fait pas le bonheur, ce n'est pas l'argent, c'est l'amour.

Génie? Génie? Je peux changer un de mes vœux? J'aimerais ça être drôle...

Blind date

Aux Derniers Humains, coin Saint-Denis et Bélanger, un soir d'automne, je suis seul à une table, je dévisage une demi-bière en attendant cette fille que je n'ai jamais vue. C'est le deuxième *blind date* de ma vie. Le premier avait floppé atrocement, non seulement la fille n'était pas belle, mais en plus elle était plate. Vous imaginez mon stress.

D'abord, va-t-elle savoir que je suis moi ? J'avais dit que je porterais un chandail rouge, mais mon seul chandail rouge était sale, alors je suis gris. En réalité, je lui avais dit que je porterais une chemise rose et un chapeau de cow-boy. Je croyais qu'il n'y aurait pas grand monde dans la place, un jeudi à 21 heures, je ne sais pas. Je m'étais trompé, bien sûr. Plein de monde, plein de gars seuls, surtout. Comment je fais pour savoir qu'elle sait qui je suis, comment je fais pour être sûr qu'elle ne pensera pas que je suis un des autres ? Et si elle découvre qu'elle s'est trompée de gars et qu'elle a l'air déçu parce que l'autre était plus beau...

Puis elle, de quoi aura-t-elle l'air ? J'ai la phobie des grosses. On m'a dit qu'elle était belle et blonde, mais je n'ai pas pu placer ma question dans la conversation. Elle est-tu grosse ? Je me connais, si elle n'est pas belle, je vais être *dull* à mort. Et si elle est belle, je vais trembler comme quand je faisais des exposés oraux en anglais au secondaire. Je suis un trembleux.

Et puis de quoi on parle à une fille, je vous le demande. Je ne suis pas charmeur, je ne suis pas bourré d'entregent, je ne suis pas Monsieur mots. J'ai une liste de sujets dans ma tête, en cas de vide dans la conversation, et si ma liste s'épuise, je pourrai toujours parler de ma liste. Je ne suis pas très interactif avec les filles. Je préfère parler de moi, vous l'avez remarqué, monologue sur ma vie et mes angoisses. Je ne sais jamais quoi poser comme question à une fille pour lui montrer que sa vie m'intéresse. C'est parce que sa vie ne m'intéresse pas. Pas tout de suite.

Comment j'ai pu avoir des blondes dans le passé? Moi non plus je ne sais pas.

Dix minutes à dépenser autant d'énergie. Il est neuf heures pile, l'heure du rendez-vous, et je ne sais plus. Pourquoi je me suis planté là-dedans, pourquoi je m'en fais tant, pourquoi je réfléchis trop? Je me fais mal à penser trop. Mes ongles sont morts, je les ai tous mangés, et pas juste les ongles, les doigts aussi, mal aux dents. Comment ça s'écrit, pitoyable?

*   *   *

Il est 23 heures. Elle n'est pas venue. Je suis épuisé. Pour rien. *Shit*.

Petits camions
et autres douceurs

Mal de tête. La célèbre tuque de douleur, qui serre et serre les tempes des madames sans intérêt. Aspirine.

Depuis que je suis tout petit, je rêve de conduire un de ces petits camions qui déneigent les trottoirs. Je ne sais pas pourquoi. Une fantaisie d'enfant qui ne s'est pas estompée, qui est devenue presque un fantasme. C'est excitant, non? Oui, c'est excitant.

Ça l'est devenu encore plus quand j'ai appris que Paul travaillait comme déneigeur à la Ville. Vous imaginez ma fébrilité. Vous voyez mon enthousiasme.

— Allô, Paul, c'est Matthieu.

— Matthieu...?

— Matthieu Simard.

— Aye, Matthieu! Ça fait longtemps que j'ai pas eu de tes nouvelles...

— Oui, je sais. J'étais pas mal occupé. Ça va toi?

— Pas pire, pas pire. Toi?

— Ça va, ça va. Aye, dis-moi. C'est-tu vrai, ça, que t'es déneigeur à la Ville?

— Oui, pourquoi?

— Tu conduis-tu les p'tits camions qui déneigent les trottoirs?

— Oui, pourquoi?

— Ça va-tu vite, ces affaires-là?

— Ouain, pas pire. Qu'est-ce qui se passe, là? Pourquoi tu m'appelles?

— Ben... J'aurais une faveur à te demander...

Et comme ça, au bout d'une demi-heure, à coup de «*come on*» et de «pas longtemps, juste une couple de coins de rue», j'ai réussi à convaincre Paul de me laisser conduire un petit camion qui déneige les trottoirs, juste pour une couple de coins de rue. *Come on*.

Si j'ai aimé l'expérience? Bof.

Je suis rentré dans une madame avec le petit camion. Une madame sans intérêt. Je n'ai pas fait exprès, mais presque. Paul m'avait montré comment ça marchait, et j'étais tout enthousiaste, et j'avais envie d'aller vite. Je venais à peine de partir que je suis arrivé derrière la madame en question.

Elle n'était pas très grosse, mais elle prenait de la place en marchant, avec ses bras qu'elle balançait comme si elle n'avait pas vraiment le contrôle, et elle marchait fort. Pas vite, fort. En donnant des coups par terre, comme si elle était en maudit après le trottoir, comme si elle y voyait la face de la maîtresse de son mari. La face de la maîtresse de son mari couverte du sperme de son mari, j'imagine, et souriante en plus, la sale petite garce, ou quelque chose comme ça. En tout cas, il y avait sur ce trottoir quelqu'un qu'elle détestait, ou quelque chose, ou peut-être juste son chat qui avait pissé partout, ou qui avait mangé son poulet, ou qui avait pissé sur son poulet. Ou quelque chose comme ça, en tout cas. Elle marchait violemment. Moi, j'arrivais derrière elle en déneigeant le trottoir et, *a priori*, je n'avais rien contre elle, la folle qui marchait fort. Sauf que là, au lieu de se tasser de mon chemin, elle continuait à marcher, pas vite en plus, fort en plus. J'ai klaxonné, elle n'a pas bougé, j'ai reklaxonné, elle n'a repas bougé. Elle continuait à donner des grands coups de pieds par terre pour avancer. Rendu là, j'avais compris que ce sont les gens comme elle qui font les nids-de-poule dans nos rues.

Je commençais à être en maudit, parce que je voulais aller vite, je voulais un peu de liberté, je voulais vivre mon fantasme, profiter de l'excitation, et je n'avais que quelques coins de rue à faire.

À un certain moment, elle a tourné la tête et elle m'a regardé une bonne seconde, dans les yeux, puis elle s'est retournée par en avant. Et elle ne s'est pas tassée. Comme si elle ne m'avait pas vu. Alors, j'ai regardé le derrière de sa tête une bonne seconde, dans le pli de sa tuque. Et je suis rentré dedans. Comme si je ne l'avais pas vue.

Le problème, c'est qu'elle a basculé vers l'arrière, et qu'une des chaînes du camion a broyé sa jambe gauche. Moi, je voulais juste la gratter comme on gratte la neige, la pousser vers le côté, mais ça n'a pas fonctionné. Ce qu'il y a d'encourageant, par contre, c'est qu'avec une jambe en moins elle va faire deux fois moins de nids-de-poule dans nos rues ce printemps.

* * *

Paul a été suspendu pour un bon bout de temps. Et moi, ben j'étais dans la marde. Le jour même, à coups de poing sur la table, le boss de Paul m'a fait comprendre que ça n'allait pas bien du tout pour moi. Procès, dédommagements, responsabilité, assurances. Des mots qui ne voulaient rien dire pour moi, ça n'allait vraiment pas bien.

Mal de tête, tuque de douleur. Les pieds dans la neige que je ne gratterais sans doute plus jamais, les oreilles au vent, le soleil n'était pas si faible, quelques mois encore, et ce serait le printemps. Aspirine.

En marchant jusque chez moi, sans trop comprendre ce qui s'était passé, j'ai croisé trois petits camions qui déneigeaient le trottoir. Huit jours que j'ai passés à marcher, rien de plus. Huit jours de marche, marcher sans penser. Un pied, un autre, la vie continue, cette histoire-là se poursuivra bien assez vite. Le soleil faisait fondre la neige, juste un peu. Quelques gouttes à peine visibles, comme un arc-en-ciel qui s'estompe. L'insouciance.

Huit jours? Peut-être neuf, c'est pas important.

En montant l'escalier qui mène à mon chez-nous, j'ai compté les marches. Il y en avait une de plus que d'habitude. Elles avaient été repeintes quelques jours plus tôt, elles glissaient, il fallait se tenir avec les deux mains pour ne pas tomber et se fendre le coin gauche du crâne, ou pire, le coin droit. L'escalade des corps vers mon chez-nous. Tirer sur les rampes pour monter, tirer le poids de l'insouciance.

En sortant mon porte-clés de ma poche, il y a un dollar qui est tombé par terre. Mon porte-clés, c'est un cadeau que j'ai reçu. Une tête de Maure, de Corse. Souvenir d'un voyage que ce n'est pas moi qui ai fait, mais il tient bien les clés, c'est déjà ça. Le problème avec mon porte-clés, c'est que chaque fois que je le sors de mes poches pour débarrer la porte, le téléphone se met à sonner à l'intérieur. Avant que j'aie débarré la porte, bien sûr. Avant que j'aie enlevé mes bottes, bien sûr. Avant que j'aie eu le temps d'aller aux toilettes, de prendre un verre, de poser mon manteau, de vérifier mes messages, d'allumer la télé, d'ouvrir l'ordinateur, de prendre un biscuit. Avant tout.

Dring.

Dans un effort olympien pour répondre à temps au téléphone, j'ai réussi à battre un paquet de records. La clé la mieux cassée dans la serrure. Les traces de slotche les mieux répandues. Le tibia le mieux écorché sur le coin de la table du salon. Le manteau le mieux déchiré sur la petite affaire en métal qui dépasse de mon cadre de porte.

— Aaaaaaaaaaaaaaaaah-llô.

C'est le cri de douleur de l'homme qui se rend compte qu'il a décroché à temps et que quelqu'un se trouve au bout du fil, quelqu'un qui n'a aucune idée de tous les records battus.

— Matthieu, c'est Rémi, le supérieur de Paul.

J'aurais dû prendre mon temps.

— Ça fait huit jours que j'essaye de te rejoindre, t'étais où ?

— Je marchais.

— Pendant huit jours?

— Oui.

— T'aurais pu prendre un taxi.

— Bof. Pourquoi vous m'appelez?

— Ben, j'ai une bonne nouvelle pour toi. La madame qui a perdu une jambe à cause de toi, là?

— C'est de sa faute.

— *Anyway*, elle a décidé de pas nous poursuivre. Pis toi non plus.

— O.K.

— Sauf que là, elle a donné des conditions. Évidemment, on y donne de l'argent, là.

— O.K.

— Mais le plus important, c'est qu'il faut que tu ailles la voir à l'hôpital, pis que tu t'excuses publiquement.

*   *   *

Bien sûr que j'y suis allé, qu'est-ce que vous pensez? À rebrousse-pas, bien sûr, mais j'y suis allé. J'ai même pris le taxi pour me rendre au centre de réadaptation où était la madame unijambiste. Au-delà de la bonne volonté, l'excellente volonté. (Vous voyez ça comme slogan sur un *billboard*, avec ma face qui sourit de toutes ses dents blanchies dans Photoshop?)

Tout de suite en entrant, j'ai su que ce serait un peu pénible. Les médias, les mauvais, les *Écho* et les *Allô*, y étaient. J'imaginais leur une: C'EST LUI, LE BROYEUR DE MONTRÉAL! LE MANIAQUE AU PETIT CAMION! COUPABLE, IL VIENT S'EXCUSER: PERSONNE N'EST DUPE, IL S'EN CRISSE!

En quelques secondes, dans la tête de ceux qui veulent vendre de la copie, j'étais un meurtrier de première classe, avec des dizaines de cadavres sur la conscience. Dans mon indifférence, ils devaient voir l'absence de remords, puis l'œil coupable, puis le tueur en série refoulé. Je vole les dépanneurs vietnamiens. Je torture des pandas. Je tue des p'tits vieux dans leur sommeil. Je viole votre fille de sept ans.

Je suis un monstre, rien de moins. Dans les circonstances, si je souris, c'est comme si j'étais content de mon geste. Alors j'emprunte mon air le plus bête, je l'emprunte au boss de Paul, qui est là, fier de dire de moi que je suis un minable sans conscience sociale, et je fonce. Elle est où, la madame?

— Bonjour madame.

— Mmmm.

— Comment va la jambe?

— Laquelle?

— Ben, euh...

— Celle qui me reste va bien.

— Écoutez madame, je suis vraiment désolé.

— C'est pas toi qui as perdu une jambe.

— Euh...

— T'as du culot de venir ici.

— Ben, c'est vous qui... Ben, je m'excuse, là.

— Insignifiant...

— Écoutez, j'aimerais ça revenir en arrière pour éviter cet accident-là.

— Mais tu peux pas. Quand je vais pouvoir marcher, si jamais je te pogne...

— Madame...

En même temps que je poussais ce «Madame» de découragement (un Madame-soupir), un ange m'accrochait. Une fille, en fait, mais son *timing* était angélique. Elle m'a accroché et m'a traîné vite vite dans une pièce à côté, puis a fermé la porte. Puis a ouvert la bouche.

— C'est correct, tu t'es excusé, t'as fait ce que t'avais à faire. T'as pas besoin d'en faire plus. Pis avec les journalistes autour, t'as pas besoin d'aller plus bas.

— Euh, t'es qui, toi?

— *Anyway*, ma mère te pardonnera pas tout de suite.

— Ta mère?

— Oui, c'est ma mère.

— Pis toi, t'es pas en crisse après moi?

— Au début, oui, mais faut en revenir. Je trouvais quasiment que tu faisais pitié, là-bas dans sa chambre. De la chair à canon...

Et avec les appareils photo qui se faisaient aller dans la chambre, de la chair à Canon.

— La fille sauve le bourreau de la mère meurtrie. Ça leur ferait un bon titre, aux journalistes, ça...

— ...

Un sourire qui m'est retourné, ça réchauffe dans un tourbillon si froid. J'allais mieux, tout à coup. Je l'ai remerciée, elle m'avait vraiment sorti du frigo.

Et maintenant, mine de rien, elle voulait m'emmener dans le micro-ondes :

— Viens, on va sortir par en arrière, je t'emmène prendre un café.

— T'es sûre ? Tu sais à qui tu parles ?

— Oui.

— Si tu le dis...

Elle n'était pas laide du tout, avec ses cheveux orange et son nez percé, avec ses yeux bleus et sa bouche en popsicle. Et puis, un sourire, n'importe lequel dans ces circonstances, c'est suffisant pour tomber en amour un peu. S'enfarger en amour.

— Ton manteau est déchiré.

— Oui, je sais, c'est à cause de mon porte-clés.

Le café était bon, j'ai pris un chocolat chaud, avec de la crème fouettée. On est restés en silence un moment, je repensais à sa mère, aux journalistes, je jouais avec ma cuillère pour garder mes mains occupées, je regardais dans ses yeux, pour la voir comme il faut. On a parlé un peu, puis beaucoup. On s'est lancés à pieds joints dans des conversations banales, tu fais quoi t'as étudié quoi t'habites où t'es célibataire t'as un char ? J'ai mangé toute la crème fouettée avant de boire la moindre gorgée. Fouettée, ça m'a donné des idées, décidément, cette fille me plaisait.

On a jasé, le temps de se connaître un peu, on a jasé de camion, de neige, de café, de crème, on a jasé de la vie et de ses malheurs, on a jasé des boutons *rewind* sur les magnétoscopes. On s'est permis de respirer pendant les silences souriants, ça va bien ici, demande le serveur en s'en câlissant. Oui, ça va bien.

Je lui ai donné mon numéro. Sans trop savoir, sans trop saisir, on s'était plu, c'est tout, une énergie presque sexuelle, une énergie. Je voulais qu'elle m'appelle, je voulais la revoir, je voulais la toucher.

Elle m'a appelé le soir même, quand je sortais mon porte-clés pour ouvrir la porte de mon cheznous. Bien sûr.

— J'aimerais ça te voir ce soir.

— Moi aussi.

*   *   *

Quand elle est arrivée chez moi, elle s'était poupounée, mais poupounée class. Encore plus jolie que tantôt, un gros coup de marteau sur le jeu de foire qui fait grimper ma libido ping ping ping. Deux cents points. T'es forte, ma belle.

Elle avait apporté son sac à dos, c'est bon signe. Il y a toujours une brosse à dents dans un sac à dos, et souvent un pyjama qui ne servira à rien. Elle s'est assise devant la télé, sur le sofa, à quelques millimètres de moi, et elle n'a pas parlé. On s'est embrassés pendant une heure. Nos lèvres se sont touchées pendant le générique du début de *Bunker, le cirque*, se sont laissées pendant le générique de fin. Je l'ai traînée jusqu'à ma chambre.

— Fais attention à la petite affaire en métal qui dépasse du cadre de porte.

Elle m'a poussé dans le lit, m'a étourdi. M'a déshabillé, m'a sucé un peu, juste un peu, juste pour m'enivrer encore plus, juste pour me faire couler la bave, juste pour m'envoûter. Elle s'est déshabillée aussi, et on a commencé à baiser. Ses ongles qui m'écorchaient le dos me rappelaient mes idées du café. Elle aussi, probablement, parce que c'est elle qui en a parlé.

— As-tu de la crème fouettée ici ?

— Non, mais j'ai un fouet...

Ses yeux se sont allumés, une étincelle comme rien, l'éclair d'une tempête de chair. Elle s'est levée, a suivi mon doigt qui pointait le tiroir d'en bas, a trouvé. Elle a posé le fouet par terre, m'a remangé un peu, m'a léché la poitrine, m'a reglissé en elle. J'étais à ça de venir. Elle s'est levée, a fait quelques pas en souriant, en gémissant, en me désirant. Elle a ramassé le fouet et s'est mise à me caresser, à me frôler, à promener le cuir sur ma peau.

— Es-tu déjà venu dans la face d'une fille ?

Elle m'a attaché le poignet gauche à la tête du lit.

— As-tu déjà baisé dans la neige ?

Elle m'a attaché le poignet droit à la tête du lit.

— T'es-tu déjà crossé en pensant aux petits camions ?

Elle m'a attaché la cheville gauche au pied du lit.

— As-tu déjà baisé avec une handicapée ?

Elle m'a attaché la cheville droite au pied du lit.

Elle est sortie de la chambre, est revenue avec son sac à dos. De son sac, elle a sorti une petite scie toute neuve. Et elle m'a souri.

Fwd:Re:RE:Re: Salut!

**(Le *email*, tromper sa blonde,
et ce genre de choses qu'il faut lire à reculons.)**

Oui. À tantôt. xxx

< Matthieu *wrote* (16:23):
Je passe te prendre à 7 heures... ça marche?

<< Amelie *wrote* (16:12):
Je te laisse deviner... Si tu as une bonne
mémoire, tu sais très bien ce qui va se passer...

<<< Matthieu *wrote* (16:04):
J'avoue que c'est tentant... Et qu'est-ce qui se
passerait?

<<<< Amelie *wrote* (16:01):
C'est être avec toi sur une moto qui a un effet
particulier. Tu devrais venir me voir, ce soir.
En moto... J'habite toujours au même endroit...

<<<<< Matthieu *wrote* (15:49):
Hé hé... C'est vrai que sur toi, ça a un effet
particulier, la moto...

<<<<<< Amelie *wrote* (15:42):
Elle sait pas ce qu'elle manque...;-)

<<<<<<< Matthieu *wrote* (15:39):
Oui, j'ai une blonde, mais c'est un peu plate
de ce temps-ci. Et en plus, elle veut pas faire
de moto avec moi. C'est poche.

<<<<<<<<< Amelie *wrote* (14:35):
Mets-en que je veux. Tu te souviens comment
ça me faisait triper de rouler avec toi. Mon ex
(le gars qui m'a laissée le mois passé) a jamais
voulu s'en acheter une, il disait que c'était trop
dangereux. En passant, tu m'as pas dit si
t'avais une blonde...

<<<<<<<<< Matthieu *wrote* (14:17):
J'ai vendu celle que j'avais quand on était
ensemble, m'en suis acheté une nouvelle...
Une Yamaha R1, méchante machine, ça fait
peur. Je t'emmènerai faire un tour, si tu veux...

<<<<<<<<<< Amelie *wrote* (13:56):
De bon, pas grand-chose, honnêtement... Histoires de cœur... Je sortais avec un gars depuis
un an, et il m'a laissée le mois passé. C'était
pas facile, j'ai tellement pleuré, tu peux pas
savoir :-(Mais c'est cool, parce qu'aujour-
d'hui tu me redonnes un peu le sourire. Ça fait
du bien d'avoir de tes nouvelles. Comme
ça, t'as finalement bleuté ta cuisine. Y'était
temps! Faudra que tu me montres ça à m'ment
donné... En passant, as-tu encore ta moto?

<<<<<<<<<<< Matthieu *wrote* (13:23):
Un an et sept mois? T'es sûre? Tu t'en souviens si précisément? *Anyway*, ma boss a
démissionné le mois passé :-) Edwin est toujours en pleine forme, mais cet hiver, c'était
particulièrement frustrant de sortir le promener, avec le froid qu'on a eu. Je suis toujours à la même place, oui, et j'ai peinturé la
cuisine en bleu, exactement comme tu voulais.
Hé hé. Toi? Qu'est-ce qui se passe de bon
dans ta vie.

<<<<<<<<<<<<< Amelie *wrote* (11:51):
Beau rêve, bien sûr. Tu te souviens? Chaque fois que je rêvais à toi, c'était super doux, super serein... Ça a l'air que c'est encore vrai. Un an et sept mois, que ça fait! Raconte-moi tout, je veux tout savoir. Tu as toujours cette boss qui te faisait chier? T'as toujours ton chien? T'habites encore à la même place? T'as une blonde?

<<<<<<<<<<<<<< Matthieu *wrote* (11:02):
Ça doit bien faire deux ans qu'on s'est pas parlé... Beau rêve ou cauchemar?

<<<<<<<<<<<<<< Amelie *wrote* (10:46):
Oui oui. Très en forme, j'ai changé de division, je suis au marketing maintenant, et c'est cool. C'est super bizarre que tu m'aies écrit, j'ai rêvé à toi cette nuit.

<<<<<<<<<<<<<<< Matthieu *wrote* (10:08):
Pas grand-chose, la job, toujours la job. Content d'avoir de tes nouvelles, par contre. En forme?

<<<<<<<<<<<<<<<< Amelie *wrote* (10:04):
Salut Matthieu! Quelle surprise! Ça fait un bail... Qu'est-ce que tu deviens?

<<<<<<<<<<<<<<<<< Matthieu *wrote* (09:32):
Bonjour Amélie. Je ne sais pas si j'ai la bonne adresse, les *emails*, tu sais, ça va, ça vient... Entéka, si tu reçois ça, donne-moi signe de vie.

Si jeune et déjà en retard

Je ne danse pas. Rarement, presque jamais. Je préfère regarder, avec envie, peut-être, je préfère regarder ces gens qui brassent leur corps, je m'assois et je regarde. Avec envie, peut-être.

Je ne danse pas très bien. C'est pour ça que je ne danse pas.

Voyez la scène : je suis petit, plein de *freckles*, je suis en cinquième année, je suis timide comme un enfant timide, le genre d'élève qui n'a jamais posé une question en classe, de peur d'avoir l'air fou. Qui rougit quand il entend le mot « fille », qui tremble quand le prof lui parle.

Chez Papa-Maman, le téléphone sonne, c'est pour moi, c'est une fille de ma classe, petite grassette sympathique qui ne m'intimide pas trop, parce que, déjà à cette époque, j'ai un faible pour les grandes maigres, qu'on ne vienne pas me dire que ça vient de la télé. Le téléphone sonne, c'est pour moi, c'est une fille. Elle veut m'inviter à un *party*. Le tout premier de la gang. Par pur réflexe de gars timide, je dis non, je ne peux pas, désolé, peut-être la prochaine fois.

Le lendemain du *party*, à l'école, la grassette plutôt sympathique vient me voir et me dit que j'aurais dû venir, que c'était ben le fun, et que j'avais pas à être timide parce qu'il n'y avait personne de la gang qui avait déjà dansé avant le *party*. C'était leur première fois à tous.

Sauf que là, ils avaient tous dansé une fois de plus que moi. Si jeune, et j'avais déjà du retard. C'est intimidant. Le *party* suivant, il n'était pas question que j'y aille : ils savaient tous danser mieux que moi.

Et ça a continué comme ça pendant des années, jusqu'à ce que je commence à danser, sous la pression sociale, quand j'avais 16 ans ou quelque chose comme ça, 15 peut-être. Avec tout ce retard, vous comprenez mon désarroi.

Tout ça parce que j'ai dit non à cette fille au téléphone, en cinquième année. Tu parles.

L'hôpital

Tu sais, quand tu te réveilles en sursaut, et que tu penses que tu es dans un endroit inconnu pendant une fraction de seconde, tu paniques, le temps de cligner des yeux deux, trois fois. C'est pas mal pire quand tu es réellement dans un endroit inconnu.

Quand je me suis réveillé, j'étais sur le côté dans un lit trop étroit, le plafond était en néon, les murs étaient beiges. Pas chez moi, je n'étais définitivement pas chez moi. Dans mes oreilles, deux bruits. Celui d'un ventilateur commercial, et celui de quelqu'un qui marmonne n'importe quoi.

— Bmmmbmbmm. Je lui avais dit qu'elle était trop grosse, bmmbmbmbm.

— Pardon?

— Bmmmbmbmmmbm.

— À qui je parle?

— Je lui avais dit. Trop grosse. Une bosse. Trop grosse. Bmmmbmmbmbmm.

Des bmmmmbmms comme ça, il fallait que ça soit vrai, ça ne pouvait pas venir de ma tête, je ne dis jamais ça, moi. Il fallait que ça soit vrai, il fallait que je me calme un peu. En reprenant mes esprits, en clignant des yeux quatre, cinq fois, en acceptant que je n'étais pas dans mon lit, j'ai compris que oui, c'était vrai, que oui, les plafonds étaient vraiment en néon, et que la personne qui marmonnait était une vieille dame qui vivait pour l'occasion dans le même corridor d'hôpital que moi.

La maudite jaquette d'hôpital, j'avais dormi les fesses à l'air.

*   *   *

Dans les films pour adultes, les infirmières ont des gros seins et rien en dessous de leur uniforme. C'est niaiseux, je sais, mais c'est la première chose à laquelle j'ai pensé en me rendant compte que j'étais à l'hôpital.

L'infirmière qui est venue me voir n'était pas comme ça. Pas laide, mais pas des gros seins, et probablement quelque chose en dessous de son uniforme.

— Tiens, l'exhibitionniste des bancs de neige s'est réveillé...

— Mmm?

— Ils t'ont retrouvé tout nu dans un banc de neige.

— Moi ça?

— Oui, pis t'avais une méchante coupure à la jambe. Ça a pris un maudit paquet de points de suture pour tout recoller.

— Qu'est-ce qui s'est passé?

— C'est en plein ce que je voulais te demander... Il paraît que ça a l'air d'une coupure faite avec une scie... Une égoïne, genre...

— Oh *boy*!

J'avais mes deux jambes, c'était ça de gagné. Mais j'avais eu l'air fou, c'était ça de perdu.

— Fa que là, tout le monde m'a vu tout nu?

— Oui.

— Quand je sortais d'un banc de neige?

— Oui. Pis t'es chanceux en maudit qu'y t'aient trouvé aussi vite. T'aurais pu perdre pas mal de sang. Pis être gelé complètement. C'est un gars de la ville qui t'a trouvé en déneigeant les trottoirs.

— ...

De vagues souvenirs, des images qui se promènent, je sais très bien ce qui s'est passé, mais j'aime mieux oublier.

— J'ai aucune idée de ce qui a pu se passer.

— Tu m'attends-tu deux minutes, je vais m'occuper de madame Pilon, juste là.

— Oui, c'est une bonne idée. Je pense qu'elle a une trop grosse bosse.

Elle m'a souri. Elle était jolie. J'étais mélangé.

— Bon, qu'est-ce qu'on disait, là?

— Que tu m'avais vu tout nu.

— Mouais. En tout cas, tu vas être correct. Tu vas pouvoir sortir dès que le médecin va t'avoir parlé.

J'étais mélangé. Elle était jolie. Je suis un gars niaiseux.

— T'sais, dans les films pour adultes, les infirmières ont des gros seins et rien en dessous de leur uniforme.

— Pis les patients ont des gros pénis.

— On est pas dans un film de cul, han?

— Non monsieur.

Je suis un gars niaiseux.

— Qu'est-ce que tu fais après ton *shift*?

— Je m'en vais chez mon chum.

— O.K. Fa que... Toi pis moi, y'a aucune chance?

— Aucune.

— T'es sûre?

— Certaine.

— Bmmmbmmmbmm.

Qu'est-ce qu'il y a de drôle?

Troisième bière, je crois. Ce n'est pas important. Non, vraiment, ce n'est pas important, je suis encore lucide. C'est à peine si les filles sont un peu plus belles que d'habitude. J'attends le show. Big Rude Jake au Kashmir, à Québec. Ça fait un an que je vais au Kashmir une fois par mois, voir des shows. Ça fait un an que j'arrive trop tôt. Au Kashmir, les shows de 22 h commencent à minuit, et j'arrive toujours à 22 h. Niaiseux que je suis.

Il est 11 h 30, je suis seul sur un tabouret, seul dans un coin, seul dans ma tête, la vie est belle. Voir la vie à travers une bouteille de bière, elle est un peu brune, mais les coins sont ronds, elle est douce. La vie dans un bar, en attendant un show, ce n'est pas la vraie vie. C'est la vie ronde et brune des amateurs de musique, des amateurs de sorties, c'est une vie de bonnes humeurs, de tristesses cachées aussi. C'est une vie de sourires, vrais ou faux, de sourires pour être sympathique, de sourires d'excuses quand on accroche quelqu'un, de sourires de remerciements vers la serveuse, de sourires de cruise. Et, dans mon cas, de sourires de gars qui est dans le vide dans sa tête.

— Qu'est-ce qu'il y a de drôle? me demande la serveuse en remplissant le vide dans ma tête et en soulevant ma bière pour constater qu'elle ne l'est pas encore tout à fait, vide.

— Rien. Ben... toi.

— Tu ris de moi?

— Je veux dire, le monde autour qui te cruise.

— Ah ça, c'est de même partout.

— Je saurais pas, je vais jamais partout. Je vais jamais nulle part, non plus.

— Qu'est-ce que tu fais ici, d'abord?

— Je suis venu voir le show.

— T'en as pour un bon boutte avant que ça commence... J't'en amène une autre?

Quatrième bière, je crois. Au bar, il y a un gars pas très beau qui cruise ma serveuse depuis un bon quart d'heure, et elle a l'air de s'ennuyer tellement, ça me fait rire. En se levant pour aller aux toilettes, il passe devant mon sourire.

— Qu'est-ce qu'il y a de drôle? me demande-t-il en bloquant ma vue de la piste de danse, où des jeunes filles habillées en putes (comme il se doit) frétillent.

— Rien, j'suis chaud.

— Tu ris de moi?

— Non, je trouve juste que le monde danse mal.

— Ah ça, c'est de même partout.

— Regarde, c'est pas que je te trouve pas intéressant, mais j'suis fatigué.

— Qu'est-ce que tu fais ici, d'abord?

— Rien. J'vais y aller, je pense. En passant, t'as aucune chance avec la serveuse...

Cinquième bière, je crois. Toujours pas de Big Rude Jake en vue, et s'il apparaît, ça se peut que j'en voie deux. Sur la piste de danse, il y a une fille en robe trop courte. Chaque fois qu'elle rebondit, je vois sa culotte. Belle vue pour un vieux pervers paqueté comme moi, belle vue si on y ajoute la paire de seins qui déborde du décolleté, qui bondissent eux aussi. Belle vue à laquelle je m'accroche, mes yeux comme des hameçons, la robe comme un poisson. Peut-être 16 ans, 17 au plus, elle s'amuse avec ses pieds, avec ses bras, elle s'amuse à bouger son corps pour mes yeux. Je m'imagine danser à côté d'elle, tout croche, tout désarticulé, et ça me fait rire. Elle s'avance vers moi, l'air bête d'une pré-diva, elle ira loin.

— Qu'est-ce qu'il y a de drôle? me demande-t-elle en me sortant du petit monde imaginaire qui occupe mon temps et une partie de mon crâne.

— Rien. J'étais rendu loin dans ma tête.

— Tu ris de moi?

— Non, non. Honnêtement, je te regardais danser. Je regardais tes boules.

— Ah ça, c'est de même partout.

— Peut-être, mais je devrais pas, j'ai deux fois ton âge.

— Qu'est-ce que tu fais ici, d'abord?

— J'attends le show, mais je suis plus sûr, là. T'as vraiment des belles boules.

Sixième bière, je crois. Ça commence à tourner pas mal, j'ai un peu de misère à voir clair, à parler clair, aussi. La vie embrouillée, ma vie à la télé payante. Il faut que je me concentre pour poser ma bouteille à la bonne place, il faut que je me concentre pour entendre la musique. Il fait chaud, j'échappe un dollar par terre. En me penchant pour le ramasser, un chien me regarde. Un berger allemand, tranquille, attaché à un poteau derrière moi, pas loin de la porte. Ça me fait rire.

— Qu'est-ce qu'il y a de drôle ? me demande le chien en se grattant le derrière de l'oreille avec sa patte arrière.

— Ben, euh, j'sais pas, qu'est-ce que t'en penses ?

— Tu ris de moi ?

— Un peu, oui. T'es pas supposé être en dedans, ici...

— Ah ça, c'est de même partout.

— On te laisse rentrer partout ? J'suis allergique, moi.

— Qu'est-ce que tu fais ici, d'abord ?

— Me semble que c'est ben plus mon droit d'être ici que le tien.

Il a fait semblant de vouloir me mordre, je me suis sauvé aux toilettes. Au Kashmir, il y des bouts de bandes dessinées dans les toilettes. J'ai lu un peu sur les murs, pissé un peu dessus aussi. Et je suis ressorti juste à temps pour le début du show.

L'alcool rend la musique *live* fantastique, la musique comme une transe, qui imprègne, qui pénètre, qui transperce. Sortie de ma tête la serveuse, sorti de ma tête l'épais qui la cruise, sorties de ma tête les boules qui rebondissent, sorti de ma tête le berger allemand. Musique. Pendant des heures, dans mes oreilles, sous mes yeux, dans les *speakers*, sur les planches, toutes ces vibrations. La peau qui décolle de la chair, les organes qui s'entremêlent dans mon torse, les os qui fêlent de frémir. Mon corps qui s'entretue, la musique qui me vibre.

Je n'ai pas attendu pour rien.

Quand la musique s'estompe, quand les guitares se déploguent, mon crâne est bien, ma tête est joyeuse, je peux relaxer, prendre mon temps, démêler mes organes, repatcher mes os, rapiécer ma peau. Me dévibrer. Une bonne heure de décompression, d'oubli, d'abandon, il est 3 h 15 et je suis encore sur mon banc au Kashmir. J'ouvre les yeux, et le chien me regarde.

— T'es encore là, toi? me demande-t-il la bave au coin de la lèvre.

— Ça a l'air. Pis toi, qu'est-ce tu fais encore ici?

— J'attends mon maître, dit-il en pointant du museau le gars pas très beau qui cruise la serveuse.

Du coin de l'œil, je vois l'adolescente à la petite robe juteuse s'approcher de moi.

— T'es encore là, toi? me demande-t-elle la bave au coin de la lèvre.

— Ben oui. Pis toi, qu'est-ce tu fais encore ici?

— J'attends mon frère, dit-elle en me pointant du pouce le bonhomme qui cruise la serveuse.

Le gars en question a bien vu qu'elle le pointait, alors il se pointe vers moi à son tour, l'air baveux.

— T'es encore là, toi? me demande-t-il la bave au coin de la lèvre.

— Ouaip. Pis toi, qu'est-ce que tu fais encore ici?

— J'attends ma blonde, dit-il en me pointant de l'index la serveuse.

Ah ben. Toute la petite famille. Ils peuvent ben toujours dire la même affaire.

Je vais y aller, d'abord. Vous pouvez m'appeler un taxi?

Un bol d'Analphabits

Il pleut. Hier aussi, il pleuvait. Et mardi aussi.

Il pleut comme il pleut quand il pleut. Assez pour déprimer le plus joyeux des dépressifs, assez pour noircir le visage du plus malheureux. Quand il pleut comme ça, j'ai l'impression d'être en hiver, avec la nuit qui tombe en après-midi et tout le monde qui devient froid, des visages de moins 20 degrés, des regards pleins de glace, la morve sur le bord de la narine.

L'hiver en été, la nuit le jour, souriez-moi, quelqu'un.

*   *   *

C'est une histoire à l'eau de robinet. Pas très pure, un peu grossière, peut-être. Plate, même.

Hier soir, je m'étais mis une note sur le frigo, de ne pas oublier mon parapluie. Parce que moi, vous savez, avec le temps que ça me prend à me réveiller, je ne me rends jamais compte qu'il pleut avant d'être trempé. Ce matin, j'ai oublié de prendre mon lunch dans le frigo, alors j'ai même pas vu le frigo.

Je suis arrivé trempé au bureau. Le genre de journée qui fait mal, qui fait vibrer les os comme une fissure qui s'agrandit. Trempé de partout, les cheveux, les pantalons, le t-shirt, les pieds qui scouiquent dans les sandales.

Je me suis assis, splouche, à mon bureau, j'ai commencé à avoir froid, la climatisation sur l'eau, splouche. J'ai allumé mon ordinateur et j'ai attendu. Attendu que vienne du travail, attendu qu'on me demande quelque chose, attendu qu'on m'envoie un document, attendu l'heure du lunch, attendu un *email* d'un collègue, d'un client, quelque chose. Une journée plate à rien faire, une journée plate à sécher. Le genre de journée qui me fait penser que, chez moi, j'ai une blonde qui m'aime, qui va peut-être me faire un massage ce soir, qui va peut-être me faire une pipe si je suis chanceux. Le genre de journée qui me fait penser, la réflexion pas de travail, les pensées coquines de l'après-midi sans ouvrage. L'été, c'est mort au bureau. L'été comme un hiver vide, la lumière d'un soleil qui se ferme trop tôt, la pluie qui n'arrête pas. Et à quatre heures, un souvenir qui se glisse par mes narines, qui remonte tranquillement.

Le souvenir d'une ex, Amélie. Ex-cochonne, on faisait de la moto ensemble, elle tripait tellement, dès qu'on descendait, elle voulait baiser, là, peu importe où on était, un garage, une plage. Un souvenir étrange, je bande. Il faudrait que je lui écrive, qu'est-ce qu'elle devient, comment elle va, toutes ces questions qu'on pose à nos ex juste pour se mettre les pieds dans les plats.

Non, ce ne serait pas une bonne idée, je m'en fous de ce qu'elle devient. Il vaut mieux penser à autre chose : un cheval qui fait de l'unicycle à deux roues, un analphabète qui mange un bol d'Analphabits et une matante qui conduit dans la voie de gauche en écoutant du rap.

Les cinq heures sonnent, je réponds en me levant. Je suis venu au bureau pour rien, mais c'est la vie qui suit son cours. Sur le chemin du retour, le soleil sort de son trou. L'eau est toute par terre, il n'en reste plus pour le ciel, ça redevient clair, l'anticyclone dans mes yeux revient. Soleil. J'ai hâte de voir ma blonde, j'ai retrouvé le sourire, peut-être qu'elle sourit aussi en m'attendant.

Sauf que non. Elle sourit peut-être, mais elle ne m'attend pas. Elle m'a laissé un mot sur la table du salon, à côté de la télécommande. Suis partie chez Marie-Jo, on va magasiner, je sais pas quand je rentre, tu peux te faire des pâtes. Je t'aime XXX.

Moi aussi, je l'aime XXX, mais c'est pas ce soir que je vais la voir tellement *hardcore*. Quand elle est avec Marie-Jo, elle ne comprend plus le temps. Les montres s'affolent, elle rentre toujours en plein milieu de la nuit en disant qu'elle n'a pas vu le temps passer, qu'elles jasaient et qu'elle n'a pas vu le temps passer.

Et moi, je fais quoi si j'ai pas le goût de manger des pâtes? Je prends la moto et je vais à l'Orange Julep, bien sûr. C'est pour ça que le soleil me ramène le sourire. Parce que la moto.

Mon casque est bleu et argent, ma moto est rouge et blanche. Ça ne fitte tellement pas, mais c'est pas grave. L'important, c'est de rouler, vite ou pas, juste rouler. Je ne comprendrai jamais pourquoi ma blonde n'aime pas ça. Elle dit qu'elle a peur de la moto, elle n'a même jamais voulu essayer. Elle ne sait pas ce qu'elle manque.

— Un *cheese all dressed*, une frite, un moyen Julep, s'il te plaît.

Elle est belle, ma moto, vue de la table à pique-nique où je me suis installé pour manger, les cheveux défaits mais l'appétit en forme.

À ma deuxième bouchée, par le nez toujours, la même pensée qui s'infiltre et qui remonte. Amélie l'ex, la moto, rouler, baiser. Une autre bouchée, une autre pensée. La fois où on est allés dans le nord, sur la 327, où on s'est arrêtés pour se dégourdir les jambes, où on s'est dégourdis bien plus que les jambes. Encore une bouchée, encore une pensée. La fois où elle m'a dit que je ferais mieux de garder mes deux mains sur le guidon si je voulais pas crasher. Amélie, qu'est-ce que tu deviens? Tu roules encore?

J'ai les mains graisseuses, frites graisseuses. Les *napkins* n'y peuvent rien; mes jeans, par contre... En remontant sur la moto, je regarde les gens pour voir s'ils me regardent, s'ils regardent la moto. La plupart me regardent. Ça fait du bien. *Show off* un peu, beaucoup, passionnément. En décollant, j'en fais un petit bout sur une roue. *Wheelie* à la folie.

Sur Camilien-Houde, il y a du trafic, c'est dommage. Dans mon casque, Amélie a l'air de s'être bien installée. Elle reste sous mes cheveux, je sens presque ses mains sur le réservoir. Quand j'accélère d'un coup, je les sens qui s'accrochent à moi. Amélie.

Il vaut mieux rentrer, évacuer l'adrénaline, souffler du nez ces pensées inutiles.

À la télé, il y a un épisode de *Junkyard Wars* que je n'ai jamais vu, à TLC. Les gars doivent construire une auto avec des pieds, à partir de *scrap*. J'adore cette émission.

C'est les bleus qui ont gagné.

Aux nouvelles, ils parlent d'un accident sur la 132, un mort, deux blessés, une madame et deux autres madames. Et de politique, et de sport. Je m'endors. J'ai des drôles d'images qui voguent dans ma tête entre deux secondes de conscience, des faux rêves de clignements d'yeux, des images de filles, de route, des images de madames et de politiciens.

Il vaut mieux aller me coucher dans mon lit, évacuer tout ça par le souffle du nez.

Dans mon sommeil, c'était fantastique, il ne s'est rien passé. J'ai dormi comme un dimanche après-midi ennuagé, fort et dur et bien. Je n'ai même pas remarqué que ma blonde était revenue avant que le réveil sonne. Et quand il a sonné, elle ne s'est pas réveillée. Je l'ai laissée dormir et suis parti travailler. Il faisait beau, chaud et souriant.

Il faisait soleil comme il fait soleil quand il fait soleil.

— Pis Matthieu, qu'est-ce que t'as fait hier soir? m'a demandé Jocelyn, de son bureau en diagonale du mien.

— Bah, pas grand-chose. Je suis allé manger au Julep en moto, pis, après ça, j'ai regardé la télé.

En pensant à la veille, toujours par le nez, toujours la même pensée. Amélie. Il était 9 h 30, j'avais son adresse *email*, et sa face dans ma tête, et sa bouche et ses yeux, et elle revenait toujours, depuis hier. Qu'est-ce que tu deviens, Amélie? Je devrais l'oublier là, tout de suite, mais c'est pas comme ça que ça marche dans ma tête. Alors je me mets au clavier, et je fais aller mes doigts, quelques secondes, juste comme ça, pour l'enlever de mon nez.

« Bonjour Amélie. Je ne sais pas si j'ai la bonne adresse, les *emails*, tu sais, ça va, ça vient... Entéka, si tu reçois ça, donne-moi signe de vie. »

C'est juste un *email*. Juste un petit *email* pour prendre des nouvelles, ça peut pas être si terrible. Non?

Un autre grand classiques

Je suis en train de marcher dans la neige, de lutter contre le vent et contre la glace dans ma botte. Ma semelle est décousue. Un magasin sur le bord, un peu isolé, un magasin de disques usagés. Entrons, d'accord? D'abord pour me réchauffer, et on regardera les disques après. D'accord?

Ça fond dans mes bas, ça fait scouiche, mes oreilles sont rouges, mon nez pleut, je renifle, ça ne change rien. Les clochettes ont sonné quand la porte les a frappées. Mais personne ne s'est retourné, parce qu'il n'y a personne. Personne en vue, en tout cas, mais ce n'est pas grave, je ne suis pas venu rencontrer quelqu'un, juste me réchauffer un peu. Personne pour me regarder m'essuyer le nez avec mon foulard.

Là ça va mieux, j'ai moins froid, j'ai plus chaud, un peu trop même, au corps, mon manteau est épais, mes oreilles picotent, mon pied fait scouiche, l'autre flouche, c'est slotché par terre. Je me dirige vers la section Classiques, vous venez? C'est toujours bon, un bon classique, les Stones, les Beatles.

Ah ben? C'est du classique. De la musique classique. Oui, mais pourquoi ils ont mis un *s*, d'abord?

« Hehum. » C'est ce que la fille qui vient d'apparaître me dit, en frottant le ventre de sa camisole pour y enlever une petite tache. Jolie, simple, du genre qui travaille dans un magasin de disques usagés en camisole en plein hiver.

« Salut. » Un salut poli que je lui marmonne de gêne. Pourquoi faut-il que je sois plate quand je trouve une fille jolie, dites-le-moi.

« Est-ce que je peux t'aider ? » Elle veut m'aider, elle me sourit, décidément, il ne faudrait pas que je renifle trop fort, elle est de mon goût. Et là si je ne veux pas avoir l'air fou, il faut que je fasse semblant d'aimer le classique, c'est dans cette section-là que je suis.

« Nonon, je fais juste regarder. » Ça passe bien, j'ai l'air de savoir ce que je fais, en feuilletant les disques qui ne me disent rien.

« O.K., si t'as besoin de quoi que ce soit, t'as juste à me le dire », qu'elle lance en s'assoyant sur un banc de bois, plutôt sexy. Je craque toujours pour les sourires. Elle sourit. Je craque. Toujours.

« C'est tranquille, aujourd'hui ? » Un genre de question que je pose comme ça en lui souriant en retour, j'ai l'impression que ça connecte, vous ne croyez pas ?

« Oui, ben t'sais, avec la neige. » Elle passe la main dans ses cheveux, je craque pour les cheveux courts, aussi. Mon cœur commence à battre un peu, j'ai chaud un peu. Chaque jour comme ça, je tombe en amour, comme ça, chaque jour.

« Comment tu t'appelles ? » Et je me mets à trembler en lui demandant ça.

*   *   *

Il fallait bien que ça arrive à ce moment-là. Un gars qui sort de l'arrière-boutique, en ajustant sa ceinture. Se dirige vers elle sans parler, lui passe la main dans les cheveux. Elle l'embrasse.

«Hehum. Je peux te poser une question?» Là c'est moi qui parle, pour l'interrompre un peu.

— Mmmm? qu'elle me marmonne d'un soudain désintérêt.

— Pourquoi vous avez mis un *s* à Classiques?

— Je sais pas, c'est pas moi qui l'a écrit.

Le monde sont malades

Au Loblaws, il y a des paquets de 24 rouleaux d'essuie-tout. Pour les gros dégâts, j'imagine. Au Loblaws, il y a des tonneaux de jus de légumes. Au Loblaws, il y a des baignoires de crème glacée. Mmmm.

Je me suis acheté une baignoire de crème glacée. Soixante-douze litres de kim-glacée touâ couleurs. La trois couleurs, c'est tellement bon. Sauf le blanc. Le rose et le brun, c'est tellement bon. Pas sur une cravate, mais dans une baignoire, oui. Pas sur un char, à moins que ce soit un El Camino rose, avec de la rouille, là ça pourrait avoir du charme.

Quand j'ai rentré la baignoire de crème glacée dans l'appart, la belle-mère était dans la cuisine.

— Ah ben, t'as acheté de la kim-glacée.

— Oui madame!

— Avec quel argent?

— J'ai vendu un de mes reins.

— Pour vrai?

J'ai enlevé mes sandales, j'ai enlevé mon chapeau de poil, j'ai mis la baignoire dans le congélateur, j'ai parti la *fan*, j'ai enlevé le bas de mes pantalons qui se dézippent. Écrasé dans le sofa, allumé la télé, oublié de sortir les vidanges, endormi.

J'ai rêvé à la belle-mère.

Je me suis réveillé en sursaut, j'ai vu la belle-mère dans la télé, aux nouvelles. La bonne nouvelle TVA, la belle-mère a inventé une hanche artificielle en papier mâché. Wouhou. J'étais content. La table de la cuisine a les pattes inégales, ça fait poc chaque fois que je mets mes bras dessus de mon bord. J'ai fait la vaisselle, j'ai mis tous les ustensiles sur la table, de mon bord. Poc. Sur la table, il y avait une nouvelle nappe, avec la face de ma blonde brodée dessus.

Je me suis réveillé en sursaut. Ma blonde criait pour savoir si l'image dans la télé était correcte, elle était sur le toit en train de poser une soucoupe, pour la télé par satellite. Je préfère qu'elle pose la soucoupe que d'avoir à lancer le satellite, ça doit prendre des gros bras, et je veux pas que ma blonde ait des gros bras.

— Là c'tu mieux?

— Je sais pas, je suis en train de faire la vaisselle.

— Ben va donc voir.

— Tu veux-tu de la crème glacée?

— Laisse faire la kim-glacée, pis regarde la télé. C'tu correct, l'image?

— Ça doit pas, c'est 5 à 1 pour le Canadien. Aye, c'tu ta mère dans les estrades?

— C'est-tu plus clair comme ça?

— C'est tout bleu, y'a pas d'image. Mais le bleu, c'est un bleu clair.

— Pis là?

— T'es sûre que tu veux pas de crème glacée?

— Non.

— Non t'es pas sûre, ou non t'en veux pas?

— L'image...

— Elle est parfaite comme ça. Viens voir, y'a un film de cul à la télé payante.

En descendant du toit, ma blonde a glissé et s'est tuée. Ben non, c't'une *joke*, elle a juste le nez cassé. Ça la défigure un peu, je sais pas trop si je l'aime encore.

Je me suis réveillé en sursaut, c'était la belle-mère qui me brassait. Elle avait fait du lavage toute la journée. Une brassée de plus, une brassée de moins... Je crois qu'elle m'a disloqué l'épaule. J'avais faim, il paraît que ça faisait trois jours que je dormais. Mon t-shirt était sale, je crois que tout le monde qui avait mangé un peu chez nous s'était essuyé les mains sur moi pendant mon sommeil. La belle-mère parlait, mais je comprenais pas ce qu'elle disait. Elle parlait en latin. Où est le pape quand on a besoin de lui?

— *Dat veniam corvis, vexat censura columbas.*

— Où est le pape quand on a besoin de lui?

— Au Vatican.

— Ah ben oui. À l'aéroport, s'il vous plaît.

— O.K., boss.

Il roulait vite, le taxi. Il sentait le petit sapin, on se serait cru dans le petit temps des Fêtes, avec la petite dinde et les petits cadeaux. Il dépassait tout le monde, les autos, les motos, les vélos, les alouettes.

— Ça fait soixante-quinze cennes.

— Voilà. Me ferais-tu un reçu pour quatre-vingt-cinq cennes?

— Pas de problème. Voilà.

— Merci.

— Joyeux petit Noël!

— Pis bonne petite année, là.

Dans l'avion, l'hôtesse de l'air bête me disait quelque chose. Ah oui, c'est ça, elle avait l'air d'une salope. Je ne lui en ai pas parlé. Par contre, ses pinottes étaient salées, et ses fesses étaient belles. J'aurais bien fait avec elle ce qu'ils font dans les films de cul à la télé payante, sauf que j'ai eu un flash de la belle-mère. Et j'en ai perdu mon latin.

Je me suis réveillé en sursaut, au beau milieu d'un champ, en train de crier «Petit, petit, petit» dans le vide, à quatre pattes. J'avais perdu mon lapin. Mon lapin s'appelle Poucet, mais je prononce poucette. Il s'était enfui de mes bras comme on s'enfuit d'un hamac, un peu tout croche en s'enfargeant une couple de fois. Sauf qu'après, pfuit. Plus de nouvelles. «Poucette, ousque t'es?» Pas de réponse. J'étais fatigué. Un rein en moins, la vie est plus fatigante. Je prendrais bien un peu de crème glacée brune et rose.

Je me suis endormi dans le champ.

Sur le réveil, il était quatre heures et quart FM. Une chanson d'Adamo Camelia résonnait dans ma tête, dans les *speakers*, dans le frigo et dans le bain. Ma blonde me grattait le dos avec une pousse de bambou, j'avais faim, il faisait faim. Ma blonde avait les cheveux teints en brun, avait des implants aussi, et la face de quelqu'un d'autre. Elle avait les vêtements de quelqu'un d'autre également, et elle avait un bouton dans le coin gauche du front, de mon point de vue. Son coin droit à elle. Je me suis penché vers elle, et j'ai voulu péter son bouton, mais elle s'est mise à gueuler, avec la voix de quelqu'un d'autre.

Dans la cuisine de l'appartement – pas le mien – il n'y avait pas de crème glacée, mais un lave-vaisselle Inglis. J'ai lavé un bol et une cuillère, et je suis parti. En descendant les marches, il y avait de la glace dessus. De la glace en été, pouvez-vous croire ? J'ai glissé, je me suis fêlé une côte, maintenant elle sonne faux. En atterrissant, mon soulier s'est détaché.

Je me suis réveillé en sursaut, dans mon lit à moi, avec ma blonde à moi, pas de belle-mère et pas de musique. Dans le congélateur, la kim-glacée. Je me suis fait un cornet trois-quatre boules, c'est dur à compter, ça a plus l'air d'un tas. Un cornet un tas. Je suis allé le manger sur le balcon. Dans la rue, il y avait deux gars qui s'en-gueulaient pour une place de stationnement. Les gros sacres, le poussaillage, juste pour une petite place de stationnement, vous vous rendez compte ? Le monde sont malades.

Mimi_78

Mimi_78 est de très bon commerce électronique. Elle a des seins en silicone virtuelle. Et moi j'ai une cyberperruque.

Je l'ai rencontrée sur mon écran. Elle est apparue en faisant ping, en me demandant comment j'allais et mon asv. Asv, âge sexe ville. Style 29-M-Mtl. Moi, j'ai répondu comme on répond dans ces cas-là : « Bien 29-M-Mtl toi ? »

Une relation comme les autres, qui commence par des questions niaiseuses, une relation comme on en voit des tas, avec des fautes de frappe et des questions pas de réponses.

* * *

T'étudie en koi ?

J'étudie pas, je travaile.

Ou ?

Dans une boite spécialisée, on fabrique des boîte.

Des boîtes de quoi ?

Carton.

Tu fé koi ?

Réceptionniste

T'aime ca ?

Non

ok

Toi?

J'etudie en droit

cool

3ᵉ annee

cool

c toffe mais c cool

ok

* * *

Ça, c'est le début. Au début, c'est toujours un peu niaiseux. On veut montrer qu'on est sérieux, mais on ne veut pas trop en dire, au cas où ce serait un gros *trucker* de 400 livres qui se fait passer pour les boules de Pamela. Des petites questions superficielles, tâter le terrain, caresser le clavier, déshabiller l'écran des yeux.

Puis, au fil des heures (tout ça se compte en heures, en heures nocturnes, sans autre interruption que pour pisser), la confiance s'installe, tranquillement, les ;-) et les :-) se font plus nombreux, les lolololololllll aussi. Lol, *laughing out loud*, passé dans le langage sous lolololololll, pour *laughing out loud out loud out loud out loud out loud loud loud*, j'imagine.

À un moment, on cligne des yeux, puis c'est le matin. On sait tout de l'autre, mais rien du tout. Une drôle d'excitation, les yeux fatigués, les phrases ont flashé toute la nuit, vite, trop vite. Les phrases qu'on oublie, qu'est-ce que j'ai dit, qu'est-ce qu'elle a dit. Les yeux fatigués, le cerveau aussi, les rêves qui prennent le dessus. À l'autre bout de l'écran, elle est belle, Mimi_78.

* * *

Ma boss est folle

elle aussi?;-)

Lolololll

Comment ca elle est folle?

Elle m'a engueulee

Pkoi?

elle me trouves pas dynamique

Elle est folle

C ca je te disias

* * *

Je crois que c'était la deuxième nuit, elle m'a demandé si j'avais une photo de moi à lui envoyer. Pour savoir si j'étais aussi beau que je le prétendais. Oups, moi pis ma grande gueule. Vous, vous le savez que je suis aussi beau que je le prétends, mais dans ma tête à moi, c'est pas aussi clair. J'ai paniqué un peu, puis j'ai dépaniqué. J'avais une photo de moi de loin, sur ma moto, souriant et loin, de loin, ça ira. Je la lui ai envoyée, elle m'a répondu «bô bonhomme». Ouf.

* * *

À ton tour. T'as une poto de toi?

Une poto?

Photo

Non, j'en ai pas de scanné, mais je vais faire ca
au bureau demain

ok

J'ai hate de voir ça

Faut que j'y aille

ok bye xxxx

A ce soir xxxxx

*   *   *

Elle m'avait battu sur les *x*. Un de plus. C'était
bon signe. Il était 7 h 34 sur mon cadran qui
avance de 20 minutes. L'heure de me coucher, de
rêver un peu, de désimprimer l'écran de mes yeux.
Quand je les ferme, je me vois les doigts qui
tapent, je vois les lignes apparaître sur l'écran. Il
fait froid quand on ne dort pas beaucoup. J'ai un
frisson qui me traverse les mollets, drôle de *feeling*. Avant de m'endormir, je me suis masturbé en
pensant à elle. Mimi_78 qui se promène dans ma
tête, sa langue sur mon sexe dans ma tête. Dodo.

Je me suis réveillé à 16 h 40 sur mon cadran
qui avance de 20 minutes. Je voulais sortir,
prendre l'air, prendre une marche, un escalier, un
parc ou une piste cyclable, n'importe quoi qui a de
l'air de dehors. Je n'ai jamais trouvé ma deuxième
botte, et je suis resté dedans. Dedans mon sofa,
dedans ma tête et dedans la télé, loin de l'air. Il faisait noir depuis toujours, quand je me suis réveillé,
il faisait déjà noir, depuis toujours, sans doute. À
21 h, il faisait encore noir, et j'étais devant mon
clavier.

*   *   *

Allo

Allo ! ! ! !

Bonne journée ?

Oui mais ma boss me fait toujours chier

T'as pu scanner ?

Oui mais c'est pas ma meilleure photo. Je suis + belle que ca en personne ;-)

Lololol

*   *   *

Pas laide du tout, rien pour rivaliser avec les filles qui habitent mes rêves, mais un sourire, et c'est ce qui me renverse, vous le savez, les sourires. À toutes les deux ou trois répliques, cette nuit-là, je regardais sa photo, et j'avais l'impression de la connaître depuis toujours, d'être à côté d'elle, en personne, de sentir sa respiration, de voir la chaleur dans ses joues quand elle riait lololo-lollll et de vivre ses vibrations quand elle était déçue :-(.

Savoir à qui on parle, voir les yeux et le sourire (le sourire), ça change tout. À partir de cette nuit-là, on avait une relation. Une vraie, quoi que vous en pensiez, une vraie. On ne s'était jamais vus, vous dites ? Je savais que lorsqu'on se verrait, tout serait naturel, tout serait doux et chaud, je savais que lorsqu'on se verrait, tout serait magnifique.

*   *   *

J'aimerais ça te voir en personne

Quand ca ?

Bientot, demain?

Ca te fait pas peur?

Non, toi?

Un peu

On est pas obligés

Non ca me tente.

Cool:-)))

* * *

Quand demain est arrivé, toujours ce frisson dans mes mollets, et la mâchoire crispée. Je savais que tout irait bien, que ça serait comme si ça avait toujours été comme ça, une relation belle et des sourires. Je savais qu'on rirait et qu'on cliquerait, pas de souris mais des sourires. Mais aussi, je savais qui j'étais, grand stressé, grand tendu, la tremblote et la bégayure, cinq minutes, le temps de m'asseoir et d'asseoir mes mots.

Quand elle est arrivée, elle souriait des yeux, c'est encore mieux que les sourires de bouche. C'est quand tu regardes dans les yeux et que tu vois le bonheur, le sourire des yeux. On s'est donné des x sur les joues, et on a parlé, sans faire de fautes, en prenant le temps de mettre les accents aux bonnes places, des cédilles sous les c, en accordant nos verbes, et j'étais bien. On a parlé toute la nuit, avec nos voix et nos mots et nos mains, et quand je me suis couché le matin, j'étais tellement heureux, en fermant mes yeux, de voir son visage plutôt que mon clavier.

C'est une belle relation, avec les bons mots, les bons rêves, les bons désirs et les bons accords.

C'est tout? Oui, c'est tout.

Cœurite

Il y a des jours, des semaines parfois, où j'ai mal au cœur, sans vraie raison. Des jours, des semaines parfois, qui ressemblent à des années, des siècles parfois. Mal de cœur, mal au cœur, cœurite. Infection du cœur.

Aujourd'hui, c'est un jour comme ça, et je crois bien que je suis parti pour une semaine et un siècle. Ce matin, en me levant, je me suis gratté le sourcil pendant deux minutes, il y avait des gars qui montaient un échafaudage sur la bâtisse du voisin, les bruits de métal ont résonné dans mes os. Il y avait des enfants qui jouaient à se torturer, dans la rue. Et des arbres qui perdaient leurs feuilles comme on perd la foi, en quelques secondes, mais longtemps.

En versant le lait dans mon bol de céréales, le jet a ricoché sur un Corn Flake, et une goutte est tombée sur le napperon. Une petite goutte, le genre qu'on essuie avec son doigt, une petite goutte comme une larme qui s'est arrêtée sur le coin trop anguleux d'une joue trop anguleuse. En l'essuyant avec mon index, une goutte encore plus petite est tombée par terre. Vraiment petite, une goutte comme une larme qui n'existe pas, comme un remords qu'on garde, comme une conscience éprouvée.

En regardant la goutte tomber par terre, en la perdant dans un rayon de soleil, j'ai vu des années de poussière entre les planches de bois. Des années de poussière, des années de vie qui s'égrène et qui flotte quelques instants et qui tombe dans la mémoire des planches, dans l'oubli de bois, poussée par les pantoufles et les sandales et les bottes et les souliers en suède de chez Aldo. C'est ma vie et celle des autres qu'il y a entre mes planches, et quand j'éternue, c'est notre vie que je souffle. Entre mes planches, là où le balai ne se rend pas, et je n'ai pas d'aspirateur.

Dans ma boîte de céréales, il y a des céréales. Pas assez pour un bol au complet. La boîte va traîner des semaines, et je vais la jeter, un jour. Je ne fais pas exprès pour gaspiller. C'est une question de circonstance. Quand je vais jeter la boîte de céréales, je vais la mettre dans un sac vert, Glad peut-être, puis sur le bord de la ruelle. Non, je ne recycle pas. Ce n'est pas que je n'aime pas ça, mais je n'ai pas de bac vert, seulement des sacs verts. Non, je ne recycle pas, il faudra que j'appelle pour qu'on m'en donne un, bac. Il faut aller à l'université, pour ça?

On a sonné à la porte. C'était un jeune noir terrorisé. Il vendait des trucs, je ne sais pas trop quoi, pour son équipe sportive. Il regardait par terre en parlant, il bégayait pour m'expliquer son histoire. Il m'a plu, je me suis vu en lui, j'aurais été pareil à son âge, terrorisé. J'aurais voulu lui acheter quelque chose, mais je ne l'ai pas fait, par réflexe. Parce que j'ai appris à dire non. Je m'en veux, j'aurais dû lui acheter quelque chose, j'ai mal au cœur. Quand j'ai refermé la porte, et qu'il est parti en traînant les pieds, j'ai vu une coche de bois dans la porte, qui n'était pas là hier, une nouvelle coche. Et en verrouillant la porte, j'ai trouvé que le verrou ne tournait plus aussi bien qu'avant. En remontant les marches vers mon appartement, ce sont mes genoux qui ne bougeaient plus comme avant.

Ce matin, je n'ai pas apprécié mon verre de jus d'orange autant que j'aurais pu. Il est sans pulpe, et j'aime la pulpe. Ce midi, je suis allé manger de la soupe vietnamienne dans un demi-sous-sol jaune. La soupe y est merveilleuse, c'est sur Victoria, les gens sont bien gentils aussi. Il y a une télé, et ils mettent des cassettes de shows de variétés vietnamiens. Quand ça chante, le serveur il marmonne la toune en même temps, c'est gentil. Mon café glacé était plus fort que d'habitude. Le serveur m'a serré la main, et quand je suis retourné à l'auto, je l'ai trouvée sale, l'auto.

Belle mais sale. Je serais allé la laver, mais je me suis blessé au dos la semaine passée, et je ne voulais pas aggraver ma blessure pour une carrosserie. Alors j'ai roulé à la place, n'importe où, n'importe comment aussi. Les trous sont de plus en plus énormes dans les rues, si j'étais six fois plus léger je me croirais sur la lune. Je me suis arrêté au cratère Saint-Denis, coin Rachel. Dédé Fortin avait bien raison, maudit que le monde est beau. J'ai marché pendant une heure, et pendant une heure, je n'ai pas touché à une seule craque entre les morceaux de trottoirs, comme quand j'étais petit.

Vers trois heures, j'ai fait une sieste. Quand je fais une sieste, je me retrouve toujours à baver sur mon oreiller. La bave séchée a une drôle d'odeur. J'ai fait une sieste d'une heure, le temps pour d'autres de sauver le monde, ou de le détruire, au choix. Le temps de l'ignorer, dans mon cas. Je me suis réveillé parce que j'avais chaud. Petit peu de sueur dans le cou, petit peu désagréable.

Pour souper, j'ai fait des pâtes. Pas de passoire, il y a toujours un peu d'eau dans mon assiette, mélangée à la sauce. C'était bon quand même, mais c'était pas comme au resto. À cause du punch aux fruits congelé, j'imagine. Ou du sandwich à la crème glacée qui m'a servi de dessert.

Après le souper, j'ai appelé mon père pour lui parler de mon dos. Lui dire que j'allais bien. C'est ma mère qui a répondu, alors c'est à elle que je l'ai dit. Elle avait l'air pressé, je n'ai pas pu lui parler autant que j'aurais voulu. En raccrochant, j'ai eu l'idée d'appeler Phil. Mais je ne l'ai pas fait, je ne sais pas pourquoi, peut-être que j'avais peur qu'il me demande si je voulais faire quelque chose. Parce que tout ce que je voulais, c'était jaser. À neuf heures, j'ai commencé à cogner des clous devant la télé. Les arbres perdaient encore leurs feuilles, la poussière était toujours en vie entre les planches, mon auto était toujours sale, la boîte de céréales presque vide traînait toujours sur le comptoir. Et j'avais toujours mal au cœur. Je me suis levé, et j'ai commencé à vous raconter cela.

L'histoire de ma journée. Vous me direz qu'elle n'a rien de spécial. Vrai. Et c'est ça le problème. Parce que toute la journée, j'étais avec Sophie. Mais ce que j'en ai retenu n'a rien à voir avec elle. Ce que j'en ai retenu, ce sont les gars qui montaient un échafaudage, la goutte de lait, la poussière, l'ami vietnamien, mon char, le punch aux fruits congelé.

C'est pour ça que j'ai mal au cœur. Un jour comme une année, une semaine comme un siècle.

La 327, la 329

La 327, entre Lachute et Saint-Jovite. Et pour revenir, un peu de 117, et beaucoup de 329, de Saint-Adolphe à Lachute. Des petites courbes violentes à l'aller, avec des bosses, les pneus qui tirent, la roue arrière qui saute, l'adrénaline, la peur, la vraie peur. Au retour, les longues courbes rapides, lisses, il faut aller vraiment vite pour pencher beaucoup. La peur encore.

La moto, c'est la peur. C'est l'arbre au bout de chaque courbe, ce sont les milliers de troncs qui limitent le pavé, c'est le sable au milieu du tournant. C'est le gars qu'on voit aux nouvelles, qui s'est tué sur une CBR 900, même machine que moi. La moto, c'est la peur quand on réfléchit trop.

Mais j'aime la peur. Me faire peur. Frissons, sueurs, glissades du pneu arrière.

Ça, c'est la moto cool. Il y a aussi la moto niaiseuse. La moto niaiseuse, c'est la moto que je promène sur Sainte-Catherine le vendredi soir, en espérant que les filles me regardent. La CBR 900 comme appât à pitounes. Appât à intérêt, tout simplement, la moto niaiseuse qui fait faire des *wheelies* et des *smoke shows*, en pensant que je suis *hot*. La moto niaiseuse qui fait que pour mettre mon casque, il faut que j'enlève mon cerveau. Parce que quand je suis un piéton et que je vois un gars passer sur une seule roue devant moi, je le trouve niaiseux. Mais quand c'est moi qui le fais, c'est cool.

Pas de cerveau, ce sont les vibrations, le moteur qui résonne à 10 000 tours, la puissance brute. Abruti.

*　*　*

Dimanche après-midi, mettons le 6 août 2000, beau soleil, pas trop chaud, petite brise, odeur douce d'été, ça sent la moto. Ça sent la moto. De Montréal à Lachute, c'est pour se réchauffer. De l'autoroute pour gagner le *feeling* des roues, pour voir les autos, pour sentir la vitesse et les dangers à quatre roues. À Lachute, je prends un *break* au Esso, un peu d'essence, dégourdir les jambes, préparer la tête pour les folies, pour la moto cool. À la pompe d'à côté, il y a une autre moto, une VTR 1000 jaune, patentée un peu, des pipes hautes, pour le bruit, pour le look. Le gars est en train de faire le plein, comme moi, il me regarde d'un drôle d'air, l'air de se demander qu'est-ce que je fais sur une CBR 900, avec mon look à lunettes, avec mes pas de muscles et mon casque qui ne matche pas avec la moto. Quand je ressors du dépanneur où on paye l'essence, il est en train de parler avec une fille casquée, belle *shape*, petites fesses dans un pantalon de cuir, les cheveux qui dépassent du casque jaune, qui matche avec la moto de son chum, c'est-tu cute...

Il lui parle de moi, je le sais, il pointe ma moto, et il me regarde, et elle se retourne, et elle me regarde dans les yeux, avec ses yeux, bleus ou verts. Je ne vois que ses yeux et je sais qu'elle sourit. Elle sourit de moi, parce que son chum lui a dit « checke le *nerd* sur la CBR », elle trouve qu'il a raison. Elle trouve que je ressemble à mon casque, que je ne matche pas avec ma moto. Elle me verrait plutôt sur un scooter, ou devant un ordinateur, ou une manette de Playstation dans les mains, pas un guidon. Son chum est grand et fort, on dirait. La petite pitoune avec le gros toffe. J'ai envie de lui dire que la moto de son chum, c'est une moto de fille, mais je préfère m'en aller, aller rouler, tordre mon poignet et avoir peur, vivre par le pneu.

Je suis au début de la 327, je ne vais pas très vite, il y a du trafic un peu, de la poussière un peu, et j'ai encore les yeux-sourires de la fille en tête, avec plein de phrases que j'aurais aimé lui dire, je ne suis pas concentré, je préfère prendre ça *smooth*, le temps d'entrer dans ma bulle, le temps d'oublier tout ce qui n'est pas la route en avant.

C'est là que le mélange se produit, comme une bombe avec deux liquides de couleur différente qui s'amalgament jusqu'à la détonation, j'ai vu ça dans le troisième *Die Hard*. Une bombe faite de moto cool et de moto niaiseuse, le mélange sauvage qui embrouille la raison. Comme une flèche ou une balle ou un missile, la VTR jaune du grand gars musclé me dépasse, la pitoune juchée en arrière qui se retourne une fraction de seconde, et je sais qu'elle sourit. Je regarde entre mes jambes et je vois un scooter.

Pendant cette fraction de seconde, des fourmis sont entrées dans mes mains et mes pieds, une étincelle dans mes cuisses, un rush de masculinité. La *clutch* de la main gauche, le pied gauche qui descend en troisième vitesse, la main droite qui se tord. C'est parti.

Il conduit comme un fou, vraiment. Dans les courbes, je vois les étincelles de ses appuie-pieds qui traînent par terre. Pendant une dizaine de minutes, je les suis, elle et lui, les yeux et les muscles, vite, très vite, penché, très penché. Puis je revois le sourire dans les yeux de la fille, et je revois le regard du gars, et j'ai quelque chose à prouver. Être plus fou que lui, plus rapide, moins *nerd*. Dans une ligne droite, pendant qu'il dépasse un camion dans la voie à sens inverse, je décolle, 180, 200, 210, le plaisir d'aller vite mélangé à la niaiserie, j'ai peur et j'aime ça. Je vois les arbres en dépassant les casques jaunes, je vois la courbe qui s'en vient et les troncs autour, je vois ma moto et mes bras et je sais que je suis le meilleur. En écrasant les freins pour prendre la courbe, mon pied droit pousse un peu trop sur le frein arrière, presque rien, rien pour me tuer, la roue arrière qui glisse un tout petit peu, la courbe, plus penché que jamais, mon genou qui touche le sol. D'en arrière, ils ont dû trouver que j'étais pas pire, pour un *nerd*.

Et ça ne se termine pas là. Il faut continuer, pousser au maximum, leur montrer que je suis plus rapide tout le temps, et c'est la moto cool qui prend le dessus, avec le caoutchouc qui colle juste assez, les virages et les bosses comme si ma vie en dépendait, ma vie en dépend. Les voitures à éviter, le contrôle, le contrôle, choisir la bonne vitesse, aller vite toujours vite, toujours plus.

Une trentaine de kilomètres plus loin, je m'arrête à un petit snack, pour boire un 7up, à la jonction de la 364. Je suis là, accoté sur ma moto, mon

7up aux lèvres, quand les casques jaunes sur leur moto jaune arrivent et s'arrêtent aussi. Le gars descend et ne me regarde pas. Sans enlever son casque, la fille s'approche de moi, et ses yeux sourient, mais cette fois-ci c'est un beau sourire, un sourire qui me plaît.

— Belle machine, me dit-elle en pointant de la tête ma moto.

— Merci.

Et c'est tout. J'ai gagné. La course, le respect, le droit d'aller vite, le droit de continuer à vivre la moto cool, le droit d'être niaiseux devant les autres, devant les filles. Il est particulièrement bon, ce 7up.

Entendre
ce qu'ils se racontent

Tu te promènes dans la rue et tu regardes les couples marcher, main dans la main, ou s'asseoir, ou entrer dans un bar, et tu te rapproches d'eux par curiosité, pour entendre ce qu'ils se racontent.

— Il fait froid.

— Veux-tu mes mitaines?

— Non, ça va.

— T'es sûre?

— Oui, ça va.

— Ça va?

— Oui. Mais il fait froid.

* * *

— Ça devrait être interdit!

— Quoi?

— Se stationner tout croche de même!

— T'as raison.

— Tu t'en fous, han?

— Oui.

* * *

— Pour vrai?

— Oui, pour vrai.

— Tu dis pas ça pour me faire plaisir?

— Non, c'est vrai, je te jure.

— T'es fin...

*   *   *

— Fa que il me dit que je lui dois deux cents piasses, mais c'est pas vrai parce que, l'autre fois j'avais parié avec, pis j'avais gagné, fa que c'est lui qui me doit cinquante, mais là y veut rien savoir, fa que je lui dis qu'il va falloir s'entendre, pis là il veut jouer ça au *pool*, mais je sais bien que c'est parce qu'il sait qu'il me doit cinquante, sans ça il m'aurait envoyé promener, pis y m'aurait dit que c'était moi qui lui devais deux cents. Non?

— Je sais pas.

*   *   *

— Tu m'aimes-tu?

— Quoi?

— Tu m'aimes-tu?

— Oui oui.

*   *   *

— Donne-moi ta main.

— Pourquoi?

— Pour qu'on se tienne par la main.

— Tu sais que j'aime pas ça, tu sais.

— T'es ben plate, tu m'aimes-tu ou tu m'aimes pas?

132

— Tu le sais que je t'aime, mais j'aime pas ça, en public.

— Ah pis laisse faire...

*   *   *

— Ça dit quoi?

— Je sais pas, c'est écrit trop petit.

— Montre.

— Attends, laisse-moi faire.

— Fa que ça dit quoi?

— Je sais pas trop, ça parle d'éléphant, pis de chien, pis de plante.

— Oui mais qu'est-ce que ça dit.

— J'arrive pas à tout lire, c'est vraiment petit.

— Montre, montre.

— Tu verras pas plus.

— J'peux essayer.

— Tiens...

— C'est vrai que c'est écrit petit.

*   *   *

— Elle t'aime pas, elle t'aime pas. Qu'est-ce que tu veux que je te dise?

— Ben oui mais pourquoi?

— Je sais pas, juste ta face, j'imagine. Pis elle t'a trouvé arrogant.

— Arrogant, moi?! Elle est ben folle...

— Ben oui mais c'est pas évident. T'sais, J-C, elle le connaissait depuis six ans, pis elle l'aimait.

— C'pas une raison pour m'haïr, ça.

— J'ai pas dit qu'elle t'haïssait, juste qu'elle t'aime pas.

— De toute façon, je suis pas obligé de la voir, elle, du moment qu'on s'aime, c'est ça qui compte.

— ...

— Non?

— Mouais... As-tu faim, toi?

* * *

— T'as pas des mouchoirs, han?

— Non, s'cuse. Mais ça te va bien, une guedille comme ça.

— Ah ta gueule, passe-moi ta mitaine.

— T'es ben dégueulasse.

— Donne-moi un bec, là.

* * *

— T'avais pas d'autres bas que ça?

— Qu'est-ce qu'y ont, mes bas?

— Ben, rien, c'correct...

* * *

— Coudonc il fait ben chaud.

— Moi j'ai froid.

— T'es fou. On crève, regarde, je suis toute en sueur.

— Oui mais moi j'ai froid, regarde, je tremble tellement je suis gelé.

— On sait ben, toi, tout pour me contredire.

* * *

— Marie a cassé avec Kevin.

— Comment ça?

— Il l'a trompée. Avec une danseuse.

— Estie d'salaud.

* * *

— Ben non, j'te niaise.

— Arrête, tu me fais chier quand t'es de même.

— Je te jure que je niaise.

— Ah, pis laisse faire...

* * *

— En prendrais-tu une autre?

— Seulement si tu m'accompagnes.

— O.K.

— Mais là tu vas-tu être correct pour conduire?

— Oui oui, c'est juste ma deuxième.

— Me semble que ça fait plus que ça.

— T'sais que t'es belle, toi.

* * *

— Oh, c'est notre toune !

— Ah ben oui.

— Viens danser !

— Mais y'a personne d'autre qui danse, là, on va avoir l'air fou.

— Ben non.

— Ben oui.

— Ah, pis laisse faire...

* * *

— Kevin s'est fait domper par Marie.

— Comment ça ?

— Il l'a trompée. Avec une danseuse.

— Estie d'chanceux.

* * *

— J'me sens pas super bien.

— As-tu pris une Advil ?

— Non, pas encore.

— Ben prends-en. Si t'en prends pas t'iras pas mieux.

— Tu dis tout le temps ça pis ça fait jamais rien, tes maudites Advil.

— Endure, d'abord. Moi j'essaye juste de t'aider.

— T'essayes pas fort, j'trouve.

* * *

— Tu penses-tu encore à Marie-Claude, des fois?

— Euh, oui, des fois.

— T'es ben chien de me dire ça. Moi je pense jamais à mon ex.

— *Come on*, j'te dis la vérité, donne-moi pas de la marde pour ça. T'aurais-tu aimé mieux que je te mente?

— Je pense que oui. T'sais, des fois, un petit mensonge, c'est pas mauvais.

— O.K., je vais faire attention.

— Pis tu me trouves-tu plus belle qu'elle?

— Oui, beaucoup.

Le ballon

— Coudonc il fait ben chaud.

— Moi j'ai froid.

— T'es fou. On crève, regarde, je suis toute en sueur.

— Oui mais moi j'ai froid, regarde, je tremble tellement je suis gelé.

— On sait ben, toi, tout pour me contredire.

Depuis que je connais Sophie, c'est comme ça. L'amour comme la haine, des caresses comme des coups, la chaleur comme la glace. Depuis que je connais Sophie, j'ai rarement raison, c'est comme ça.

J'ai appris à me taire, souvent. J'ai appris à garder mes pensées pour moi, à dire oui oui t'as raison, à dire c'est vrai que je ne suis pas assez romantique, à dire moi aussi j'ai bien aimé ce film poche que tu m'as forcé à regarder.

Ce n'est pas de la faiblesse, c'est de la paresse. Parce qu'avec Sophie on n'a jamais le dernier mot, et les engueulades sont longues. Tout ce temps perdu pour m'entendre dire qu'elle a raison, j'ai fini par comprendre que ça ne servait à rien. Ce n'est même pas de la paresse, c'est de la sagesse.

Les semaines, donc, semaine après semaine, lui appartiennent. Notre temps devient le sien, notre temps à sa merci, c'est bien, n'allez pas croire que je m'en plains. J'ai la liberté de ne pas m'en soucier, de ne pas me soucier de l'épicerie, du loyer, de ne pas me soucier des nouvelles internationales, de l'accident au coin de la rue. J'ai la liberté de regarder tout ça calmement, d'y réfléchir, d'observer. J'ai la liberté d'être heureux sans trop avoir à faire de choix. Et si un jour ça me pèse trop, j'ai la liberté de la laisser, Sophie.

Les semaines, donc, semaine après semaine, lui appartiennent. Sauf les vendredis soirs. Quatre, cinq heures pour oublier, une soirée pour me défouler, pour penser à moi, chaque semaine, quatre, cinq heures à moi, pour être mâle un peu. Les vendredis soir, je deviens célibataire.

Les vendredis soir, je joue au ballon-balai.

Ça se passe à l'aréna Père-Marquette, coin Papineau et Bellechasse, pas loin de chez nous. Une bonne ligue de ballon, du bon calibre, une dizaine d'équipes. Ça joue dur, ça joue pour gagner, nous en tout cas, on joue pour gagner. Nous, c'est mon équipe, le Blitz. Une douzaine de gars plutôt jeunes qui viennent de n'importe où. Il m'arrive de me sentir vieux, surtout les soirs où tout le monde court plus vite que moi. Des bons gars, vraiment, des bons joueurs aussi.

Les vendredis soir, quand je rejoins les gars à l'aréna, quand on se retrouve dans la chambre des joueurs, quand on se défonce sur la glace, quand on traîne dans la chambre après une bonne *game*, les vendredis soir, je suis seul, je suis bien. C'est mon monde, personne pour me contredire, personne pour avoir raison à ma place. Les vendredis soir, c'est ma vie à moi qui se passe à Marquette, mes yeux qui voient, mes jambes qui courent, mes bras qui ratent des buts faciles.

Les vendredis soir, c'est un entracte qui donne directement sur mon monde.

*　　*　　*

Hier soir, on jouait contre les Faucons. Pas une mauvaise équipe, mais avec notre talent, on aurait dû les battre sans problème. Sauf qu'on s'est fait planter 6 à 1. On a passé tout le match à courir partout sans raison, à manquer des milliers de chances.

C'est moi qui ai compté notre seul but, mais j'aurais pu en compter trois autres. Pat aurait pu en compter dix. Fred aussi. Mauvaise *game*. Dans la chambre après, c'est moins agréable que d'habitude.

Normalement, quand je compte un but, ça ne me dérange pas trop de perdre. Parce que je suis comme ça. Ce qui compte, pour moi, c'est moi. Vous l'avez remarqué depuis le début. Depuis le début de ma vie c'est comme ça, d'ailleurs. C'est moi l'important, dites-moi que je suis beau, dites-moi que je suis bon, dites-moi que vous n'avez jamais rien vu de pareil que ce que je viens de faire ou de dire. Dites-le-moi fort, dites-le-moi en majuscules, pour que les autres l'entendent et se le répètent. Le bouche à oreille pro-Matthieu, comme une clameur qui envahit l'espace jusqu'au désert. Dites-le-moi.

Normalement, quand je compte un but, ça me fait du bien, ça me gonfle. Mais pas hier. Pas quand on perd 6 à 1. Pas quand tout le reste de l'équipe regarde par terre sans dire un mot. Pas quand les gars se changent en vitesse, pour oublier qu'ils sont venus jouer cette partie pourrie...

— Moi j'vais aller regarder les autres *games*.

Les figures défaites, c'est le propre de la défaite, on s'est retrouvés quatre ou cinq à s'asseoir dans les simili-estrades de l'aréna, une rangée de bancs à un bout de la patinoire. Il y avait pas mal de monde debout près des estrades, des joueurs d'autres équipes surtout. Pas mal de monde pour pas beaucoup de conversations. On regarde la partie. On pense à rien ou à la semaine prochaine.

Ça m'a pris un bout de temps à voir que Raphaëlle était là. J'étais trop occupé à ne pas être de bonne humeur. Quand je l'ai vue, quand j'ai vu son sourire, le plus beau du monde, j'ai oublié la partie. J'ai oublié les buts que j'avais ratés, j'ai oublié que j'étais de mauvaise humeur.

Raphaëlle, c'est une fille que je ne connais pas. L'amie de la blonde de Mike, qui joue avec nous. Quand la blonde de Mike vient nous voir jouer, Raphaëlle vient avec elle, des fois. Je connais son nom, c'est tout, et son sourire aussi. Je l'ai vue cinq ou six fois au cours des deux dernières années, et chaque fois, je tombe en amour. Aussi bête que ça, un sourire comme le sien, c'est dur pour l'équilibre.

Je ne lui ai jamais parlé, elle ne m'a jamais regardé, ce n'est pas grave, je suis en amour quand même. Et les vendredis soir, je suis célibataire. Sauf que je suis moi-même : je n'irai jamais lui parler, bien sûr. Je préfère garder mes rêves, être en amour dans ma tête, m'imaginer qu'elle est spéciale, m'imaginer que ce sourire n'est qu'un petit bout de la perfection dont elle est moulée. M'imaginer que je suis aussi parfait qu'elle.

Et pendant que je suis dans ma tête, souriant, niaiseux, en train de faire semblant d'écouter ce que Pat raconte, l'intervention divine.

— Beau p'tit but.

Sans me prévenir, en m'enveloppant d'un compliment, en enveloppant mon ego, Raphaëlle vient me bouleverser. Voix angélique, voix souriante, sourire. Toujours la même histoire, j'étais séduit. En amour encore plus.

— Merci.

Elle s'est assise à côté de moi, comme si on se connaissait depuis toujours, comme si elle me connaissait, comme si tout était simple.

— Ça fait combien de temps que tu joues au ballon-balai ?

— Une douzaine d'années.

— Ça paraît, t'es pas mal bon.

— Mais on a perdu.

— C'est pas grave, t'as bien joué.

C'est bien fait, la vie, non ? Des compliments pour un gars qui s'en nourrit, des regards rassurants, des gestes enveloppants.

On a parlé pendant une heure, de rien au début, de ballon, de sport.

— Tu trouves pas ça plate à regarder, du ballon-balai?

— Oui.

— Pourquoi tu viens, d'abord?

— Je sais pas. Pour accompagner Sylvie, j'imagine. T'sais que la première fois que j'ai entendu parler de ballon-balai, je pensais que c'était du curling...

Ensuite, on a parlé de nous, de tout. Les conversations de rencontre, les qui quand quoi où comment, les moi aussi, les t'as raison, les ha ha ha. Les conversations parfaites, il faut paraître parfait. Les conversations pour connaître quelqu'un qu'on ne connaîtra jamais réellement avant des années.

— T'as-tu une blonde?

— Non.

— Moi non plus, j'ai pas de chum.

— Comment ça?

— Pas trouvé le bon gars encore...

— T'as peut-être pas cherché à la bonne place...

— Peut-être. C'est quoi la bonne place? Un aréna?

— Peut-être.

Sourires, regards et effleurements de main. On dirait que ça va bien. Je suis en amour aveugle. C'est pour ça que je vois plein de choses. Plein de gestes, plein de mots.

Quand les parties sont terminées, quand tout le monde est parti, quand je me retrouve seul avec

Raphaëlle dans le stationnement de l'aréna, devant nos voitures, devant le froid et la lune, je me dis tiens, pourquoi pas? Et je m'approche d'elle et je l'embrasse, fort, passionnément, intensément. D'un coup, d'un violent coup, elle me repousse, je glisse et je tombe.

— Qu'est-ce qui te prend? Je pensais pas que t'étais de même...

— Euh...

Elle est partie, vite, pouf, disparue, pas de sourire, plus de sourire. Oui, je suis de même. Assis par terre devant ma voiture et le froid et la lune, à me demander ce qu'il venait de se passer, les fesses sur la glace, le cœur aussi, apparemment.

— Il fait ben froid, ce soir...

* * *

Quand j'ai ouvert la porte de chez moi, j'espérais que Sophie était déjà couchée. Mais non.

— Avez-vous gagné?

— Non.

— As-tu compté?

— Oui.

— Pis t'es pas plus content que ça?

— Bof.

— Bon, qu'est-ce que t'as, là?

— Rien. J'ai rien.

— Oui t'as quelque chose.

— Non j'ai rien.

— Oui t'as quelque chose.

Torticolis

Dans le métro ce matin, sur le tableau de petites lumières qui me parlent de ce qui se passe dans notre petit monde, c'était écrit que le gouvernement prévoyait investir 500 millions de dollars pour lutter contre le réchauffement de la planète. Et puis tout de suite après, c'était écrit : « Température extérieure : –22 °C. » Ce qu'on peut faire avec de l'argent, quand même.

Dans le métro ce matin, j'ai passé 12 stations à faire semblant de ne pas avoir vu une collègue de bureau. Regarder à droite sans arrêt, comme un torticolisé sévère, en route pour l'hôpital souterrain. J'ai lu la même annonce plate 34 fois, j'ai trouvé deux fautes, j'ai aussi trouvé un *pattern* de lignes dans le fond. En lisant l'annonce de droite à gauche, je n'ai pas trouvé de message satanique, même si j'ai cherché fort.

C'est une collègue de bureau que je ne connais pas, je lui dis « Bonjour comment ça va ? » quand je la croise, mais c'est à peu près tout. Souvent, elle me dit exactement la même chose en même temps que moi, alors on a l'air fou. Et ce matin, je n'avais pas envie d'avoir une conversation complète avec elle. Si jamais on avait dit la même chose en même temps pendant une demi-heure, ça aurait été trop freakant. Alors je me suis fait un torticolis.

De ce que j'ai vu du coin de l'œil, elle a fait pas mal la même chose de son côté. Elle a sorti un livre, s'est orientée vers sa droite, et a fait semblant de lire. Je dis semblant, c'est mon impression, parce que son livre, c'était *La fleur de mon péché*, d'Alexandre Jardin. C'est un excellent livre pour faire semblant, à ce qu'on en dit.

Elle a dû me voir quand je suis entré dans le métro, elle a dû se dire qu'elle aimait mieux ne pas me voir. Je la comprends, c'est plate le matin, pas réveillé, pas sociable, c'est plate de devoir vivre en être humain. On a donc passé les 12 stations à s'ignorer, un peu comme on a ignoré tout le reste du monde. Une fois rendus à Square Victoria, on est descendus, sans se regarder. J'ai marché derrière elle, peut-être six pieds derrière, peut-être deux mètres, dans la foulée de la foule. Je regardais son dos, elle regardait le plancher. Arrivés dans l'ascenseur, on s'est retrouvés seuls.

— Salut, comment ça va? m'a-t-elle demandé comme si de rien n'était.

— Salut, comment ça va? lui ai-je demandé exactement en même temps.

— Pas pire, et toi?

— Pas pire, et toi?

— Ça va.

— Ça va.

Tom Waits

I've got hair on my chest, I look good without a shirt.

Vous connaissez Tom Waits? Un héros à moi, en quelque sorte. J'écoute sa musique, j'écoute le son des mots qu'il dit, j'écoute les mots eux-mêmes, et j'ai envie d'écrire. C'est rare. C'est cool.

Hier, j'étais dans l'autobus.

Écouteurs dans les oreilles, Tom Waits dans le tapis, je suis dans ma bulle, je tripe. Et j'ai envie d'écrire. Mais je suis dans l'autobus, et j'écris très peu à la main, je préfère l'ordinateur. Alors j'hésite, mais quand l'envie est là, il ne faut pas trop la laisser partir. D'un coup qu'elle reviendrait pas...

Je sors un genre de calepin et un genre de crayon, et je commence à écrire un genre de texte, sans savoir où ça s'en va. Je suis assis, mais il y a des gens debout, c'est dérangeant, l'impression qu'ils lisent ce que j'écris. À leur place, c'est ce que je ferais, en tout cas. Je suis bas, ils sont grands, je ne sais même pas de quoi ils ont l'air. Je sais de quoi leurs cuisses ont l'air, et c'est tout.

J'écris :

«Il y a Tom Waits qui résonne dans ma tête, voix cassée, belle voix. Il y a Tom Waits qui me parle, qui me raconte sa vie, avec ses mots, ses mots à lui. Il y a Tom Waits et ses personnages qui pilent sur mes idées, qui piétinent fort, qui dansent, Tom Waits et ses personnages troublants, ses mots troublants. Il fait chaud, l'air est mauvais, je suis engouffré, gouffre bleu et blanc, plancher mouillé, et ces mots qui me dérangent parce qu'ils sont beaux. Entendre cette parole, belle, et être dans cette humidité, laide.»

Petite pause. Le temps de lever le regard un peu, respirer. Je n'aime pas écrire avec des yeux sur mon épaule. Je n'aime pas être lu. Vous me faites chier. Arrêtez de lire tout de suite.

Merci.

Je le sais, il y a une fille à côté de moi, je le sais qu'elle lit ce que j'écris. Elle n'est peut-être même pas la seule. Mais elle je le sais. Ça se sent, ces choses-là, et dans mes oreilles, il y a Tom qui me dit *she's reading what you're writing*. C'est étouffant. Une fille en jupette grise, pas de collant, des genoux pas trop beaux, mais c'est rare, des beaux genoux. Et si on jouait...

Je tourne la page et j'écris :

«Si tu lis ceci, mets ta main gauche sur ta hanche gauche.»

Presque instantanément, elle le fait. La main gauche sur la hanche gauche.

«As-tu lu l'autre page que j'ai écrite? Oui : 1 doigt. Non : 2 doigts.»

Oui. Elle a lu mon texte. Je vous l'avais dit.

«Connais-tu Tom Waits?»

Un doigt.

« Aimes-tu ? »

Un doigt. Puis elle a pris mon crayon, de sa main gauche, gauchère, et a griffonné un numéro de téléphone sur mon calepin. Et elle a disparu. C'était son arrêt. Je n'ai jamais pu voir son visage.

J'ai son numéro, je ne sais pas de quoi elle a l'air. Et je sais qu'elle aime Tom Waits.

Je fais quoi ? Je l'appelle ?

Un deux trois quatre cinq six sept huit neuf dix

Chapeaux de cow-boy, portes de saloon qui s'écrasent sur celui qui vous suit, trois *shooters* de whisky américain, les putes accotées sur le bar, fières de leurs boules jackées. C'est l'idée que j'en ai. Quelqu'un veut jouer de l'harmonica?

* * *

Nous sommes trois. Moi, Eric et Émilie. J'aime Émilie. Eric aussi. Et Émilie ne veut faire de mal à personne. Vous voyez où ça s'en va, bien sûr. Un tapis rouge vers la marde.

Accoté au comptoir d'un McDo, je suis en train de m'endormir tellement le fast-food a ralenti. J'ai commandé un trio filet de poisson, la caissière a fait un petit air étrange, comme si elle voulait me demander «es-tu sûr?» mais qu'elle n'osait pas. Et j'attends. Plus longtemps que les autres, vraiment plus longtemps. J'imagine l'aide-gérant en train de pêcher avec le filet qu'il se met sur la tête. Ça m'apprendra à vouloir être original.

Pendant que j'attends, Eric et Émilie sont au deuxième étage en train de s'échanger des regards en mangeant leur Big Mac. Deux regards d'Aurèle Joliat contre un regard de Maurice Richard.

C'est mon espoir. Parce que je sais bien que ce sont des petits regards doux qu'ils s'échangent. Ils s'aiment, il me semble.

Eric. Pas d'accent sur le E, je n'ai jamais su pourquoi, je le soupçonne de l'avoir oublié un jour et d'avoir trouvé ça plus simple. Grand gars, drôle. Pas laid, je crois, je ne sais pas. Eric, c'est un *winner*.

Émilie. Avec un accent, vous aurez remarqué – moi je préfère les accents, c'est plus vrai.

Et moi. Tenez, regardez ma photo. C'est moi quand j'avais les cheveux longs. J'étais à Québec, avec des amis de la job.

* * *

Poussière qui s'envole, boule d'arbustes qui roule vers l'horizon, deux gars dos à dos, deux fusils, un arbitre qui compte jusqu'à dix, pow t'es mort. Cheval qui hennit, encore l'harmonica, toujours l'harmonica.

Moi, je suis celui des deux qui pensait qu'il fallait compter jusqu'à douze. Pow t'es mort, je vous dis.

* * *

Les filets de poisson, ils les emballent dans du papier bleu, juste pour être certains que tout le monde sait ce qu'on mange. Juste pour m'humilier un peu. Bleu flashant, bien sûr. Radioactif, peut-être.

— T'as pris du poisson? qu'il m'a demandé, Eric, sans accent.

— Oui.

— Tu savais-tu que c'est pas du vrai poisson?

— Tu savais-tu que je m'en crisse?

La tension qui monte, c'est constant quand Eric et moi on se parle devant Émilie. Une guerre primitive, moi veux femme, toi veux femme, moi veux tuer toi. Et mon armée à moi, ce sont les mots. Jamais les bons, par contre, c'est sans doute pour ça que je n'ai jamais tué personne.

*   *   *

Vautours qui volent en rond, flaque de sang qui grandit autour du corps du perdant, le soleil qui s'étend tranquillement, l'harmonica. Vous me le dites si vous trouvez que je regarde trop de films bourrés de clichés.

*   *   *

Émilie sourit. Sourire sans sens, elle est dans la lune, elle est blasée, je l'amuse, je ne sais pas. Chaque fois qu'Eric et moi on se lance des flèches, elle disparaît derrière ce sourire, bouclier de la prise de position. Dans ces moments-là, elle n'a plus l'air d'aimer personne, pas plus lui que moi, et ça me rassure. J'aime bien la voir ne pas aimer Eric.

Souvent, Émilie se retrouve dans sa tête, perdue loin loin dans un monde que je ne connais pas, perdue sans carte, perdue sans garagiste sale pour lui donner des indications. Dans ces moments-là, je la regarde doucement, sans bouger, je l'admire, j'essaie de lire son cerveau, je n'y arrive jamais, je me retrouve toujours à me contenter de la trouver belle. Si Eric n'existait pas, je suis sûr qu'elle voudrait bien que je l'embrasse. Mais.

— On devrait aller au cinéma ce soir.

C'est une phrase-question que je lance comme ça, vers Émilie, en la regardant, en me foutant de ce qu'Eric en pense, en espérant qu'elle dise oui, c'est une bonne idée, en espérant qu'Eric dise non, moi je peux pas. Ce qu'il fait.

— Non, moi je peux pas, faut que j'aille magasiner.

— C'est une bonne idée, ça, magasiner, a répondu Émilie. Je viens avec toi. Tu viens avec nous, Matthieu?

— Oui, c'est cool, fallait justement que je m'achète des choses.

Des choses. Je n'ai même pas été capable d'inventer quelque chose de concret à devoir acheter. Des choses. C'est beau, ça. N'empêche, je n'avais pas le choix de les suivre. Eric et elle, et moi, le plus possible. Alors je les ai suivis. Oh la belle jupe, oh les beaux souliers, ah le bon disque, ah la bonne bouteille de shampoing. Plate à mort. Et en plus, Émilie a passé la soirée à ne pas sourire. Comme si je la dérangeais. Ou quelque chose comme ça.

Et moi, finalement, je ne me suis pas acheté de choses.

*　*　*

Le sang goûte la poussière.

*　*　*

À neuf heures et demie, on s'est retrouvés devant la porte de chez elle. Soirée finie, elle était fatiguée, envie de passer un peu de temps toute seule. Eric me regardait bizarrement, peut-être frustré que j'aie voulu les accompagner jusque-là. Hé hé, c'est à l'autre bout de la ville par rapport à chez moi. Voyez-vous le vice dans mes yeux? Le laisser avec Émilie pour terminer la soirée? Me semble, oui...

— Fa que c'est ça, bonne nuit les gars.

Becs sur les joues, becs sur les joues encore. La porte se referme derrière elle, et la bataille de la soirée se termine. Je ne salue pas Eric, et je marche vers la droite. Il ne me salue pas plus, et marche vers la gauche. Dos à dos, on compte les pas. À dix, je me retourne un peu, par curiosité, pour le voir marcher tranquillement, les mains dans les poches, l'air un peu triste qui expire de son corps, je crois bien l'avoir battu, ce soir.

*　*　*

Le cow-boy mort qui bouge soudainement, le sable qui le suit, il se retourne, du feu dans les yeux. L'harmonica cesse, enfin. Pow. Un coup de feu, coup de théâtre, le *loser* se relève, couvert de sang, il devient le *winner*, dites-moi, qui peut écrire des scénarios aussi nuls?... Le bon gagne, le méchant meurt.

Et le sang goûte toujours plus mauvais dans l'Ouest. Et le vent souffle toujours plus fort dans l'Ouest.

*   *   *

Lendemain matin, filet de bave sur mon oreiller. Le téléphone me sort du sommeil, me sonne les sens. Je veux dormir, continuer à dormir. Waaalo? C'est Eric.

— Émilie s'est suicidée hier soir.

Déchiré, Eric. Les larmes qui coulent sur son téléphone se rendent presque jusqu'à moi. La voix détruite, et je sais qu'il tremble. Je sais qu'il a mal. Et il raccroche.

Elle ne parlait jamais beaucoup. Pas à moi, en tout cas. Elle s'est acheté des vêtements, hier, quand on magasinait. C'est étrange, je ne comprends pas trop, peut-être que c'est à cause d'Eric. En tout cas. J'irai la voir au salon.

*   *   *

Quelques secondes pour la regarder, toute mince dans un cercueil qui fait vieux, vieux bois trop ciré, la mort me fait chier. Je la regarde et je l'imagine sourire. Je l'aimais, oui. Puis je vois Eric. Blanc. Les yeux tout boursouflés, en mille miettes, littéralement, le genre de peine qui fait peur, il pleure et crie, et moi je le regarde. Tranquille, paisible, je regarde Eric s'écrouler encore plus à chaque regard qu'il lance vers le cercueil.

La guerre est finie. Il ne l'aura pas. J'ai gagné.

Tom Waits, encore

Je l'ai appelée.

J'ai écouté *Mule Variations* au complet, et je l'ai appelée.

Ça a sonné quatre coups, cinq, et la machine à répondre s'en est mêlée. Au son du bip, je devais laisser un message. Ce que j'ai fait.

« Salut, c'est moi qui écris sur Tom Waits dans les autobus. J'm'appelle Matthieu, tu peux me rappeler au 396-5151. Bye! »

Pas mal, non? Le simple fait d'avoir osé m'a rassuré sur moi-même. J'étais capable de faire des niaiseries dans le vide, capable du geste gratuit qui ne mènera peut-être à rien, capable de cette décision toute simple de sortir de la timidité.

Je me suis assis devant la télé éteinte et me suis endormi, devant la télé éteinte. En me réveillant, j'avais faim, mes lunettes étaient un peu croches. J'ai mangé, et je suis allé me coucher.

Deux jours ou quatre plus tard, il y avait un message dans ma boîte vocale : « Salut Mathieu, c'est Mélanie. Je te rappelais, c'est moi qui t'a laissé mon numéro dans l'autobus. Ben, rappelle-moi si ça te tente. Bye. » Elle ne savait pas que mon nom prenait deux *t*, c'est plate.

J'avais bien envie de la rappeler, oui, mais pas tout de suite. La timidité qui reprenait le dessus, et la volonté de ne pas avoir l'air désespéré. Attendre deux jours, pour avoir l'air intéressé mais indépendant. Les calculs plutôt que l'intuition, que voulez-vous, j'ai toujours été fort en mathématiques. Deux jours plus tard, je n'étais plus sûr du tout que ça me tentait. Qu'est-ce qu'on dit à une fille dont on ne connaît que les jambes et les genoux, et un peu les hanches, et la main gauche? Qu'est-ce qu'on dit à une inconnue quand il y a un silence? Qu'est-ce qu'on dit quand on a fait le tour des albums de Tom Waits?

Trois ou cinq autres jours ont passé, et deux ou quatre autres encore, et j'ai trouvé un peu de courage dans mes deux mains. Je l'ai appelée, quatre coups, cinq et la machine à répondre s'en est encore mêlée. «Euh, ben salut, c'est Matthieu, je retournais ton appel, rappelle-moi quand t'as deux minutes.»

Elle ne m'a jamais rappelé.

Tom Waits n'est pas magicien, ce n'est qu'un artiste. Elle ne m'a jamais rappelé, mais ce n'est pas tellement grave, je n'avais jamais vu son visage.

Jeux d'enfant (Hey Jealousy)

T'oublier? Je fais tout ce que je peux pour y parvenir. Et tu sais, avec tout ce que tu m'as fait, c'est plus facile.

J'ai envie de te dire, toi, comment tu m'as fait mal. Comment tu m'as détruit et comment j'aime te détester. J'ai envie de te dire mes efforts pour t'oublier. Penser à autre chose, toujours, chaque fois que j'ai quelque chose en tête qui te regarde. Éviter de te regarder, quand ta figure apparaît dans les paupières de mes yeux fermés. Fermer mon esprit à tes tortures, toujours, penser aux malheurs de la vie qui ne te concernent pas. Manquer d'argent, juste pour être tourmenté par autre chose. M'imaginer avec une autre, avoir plus de fun qu'avec toi. Fermer mon cerveau. *Switch* à *off*. Ne pas réfléchir, écouter Virginie, chanter faux. N'importe quoi. Chaque minute.

(Quand les journées passent, ce n'est rien. On a tous vécu ça, on le vivra, vous savez, il n'y a rien là, avoir mal pendant des jours. Quand ce sont des semaines, c'est encore un peu normal, mais ça devient long. Des semaines de douleur, on se demande si on l'a mérité. Mais on se dit qu'on n'est pas tout seul. Quand ce sont des mois, il faut faire quelque chose. C'est maladif, c'est cruel, c'est vicieux. On commence à penser que ça ne nous quittera jamais, on commence à croire qu'un mauvais sort a été jeté sur notre tête.)

C'est l'hiver et je rentre chez moi. Première chose que je fais, c'est décrocher le téléphone pour voir si j'ai des messages. Si le tut tut tut est là, ou si c'est un tuuuuuuuuuuuut. Pas de message. C'est bien. Mais ça me déçoit. Quand est-ce que tu vas m'appeler, me dire que tu t'ennuies?

J'allume la télé. Des filles en bikini sur de la musique réarrangée (mal) de Rod Stewart. Coudonc, y'est ben tard. Les filles en bikini, elles me font penser à la fois où tu m'as montré ton nouveau maillot. T'es belle.

Je change de poste. Aux nouvelles, un accident de char, un gars saoul est rentré dans un poteau sur Papineau. Je pense à cette soirée où tu m'as reconduit chez moi parce que j'étais trop saoul, alors que t'avais bu autant que moi.

Je peux continuer, si tu veux. Je peux continuer jusqu'à un tome 2. Je peux continuer pendant des rayons et des rayons de bibliothèque. Chaque geste, chaque image, c'est toi. Et le problème, c'est que c'est toi quand c'était cool. C'est toi quand t'étais fine. C'est toi quand tu me faisais des belles promesses. Et après, il y a toujours une minute ou deux où je me réveille, et j'ai mal, parce que c'est rendu toi, la vraie toi. Celle qui m'a fait mal, celle qui me tord et me fend et me pend, celle qui m'inspire plein de verbes qui finissent par un *d*. Et là, je dis *d*, et je pense à tes seins. Tu vois comme c'est tordu, tu vois comme tu me déranges.

(Quand on est aux mois, quand le temps s'arrête tellement ça fait mal, quand on n'a plus de force, à force d'avoir forcé, c'est là qu'il se passe quelque chose. Des fois c'est du bien, des fois c'est du mal. Le bien et le mal, comme on l'apprend dans les cours de morale au primaire quand on n'est pas baptisé et qu'on ne peut pas faire de catéchèse. Le bien, c'est de se réveiller, de se botter le cul et de trouver une solution. Le mal, c'est de se tuer.)

Dimanche matin, 6 h ou 5 h, trop tôt, je me réveille en pensant à toi, bien sûr. La gorge serrée, l'idée qu'en ce moment même tu dors peut-être collée à un autre mangeux de marde. T'es en train de baiser? C'est bien ce que je pensais. T'as baisé toute la nuit? Oui. Je voudrais tellement me rendormir, je voudrais tellement. Je suis fatigué, des mois de fatigue, je voudrais tellement me rendormir. Paralyser ma tête qui voit plein de niaiseries. Et petit à petit, pour la première fois, ça marche un peu. Quand les images de toi, de ta voix, de ton corps m'apparaissent, je les bloque. En pensant à n'importe quoi, à la moto, à un film poche de science-fiction l'après-midi à TVA. Comme un réflexe, incruster une pensée nounoune dans ma tête dès que tu apparais. Et je m'endors, pour la première fois, de quoi célébrer.

T'oublier, la seule issue. T'oublier pour t'éloigner, t'oublier pour t'estomper, t'oublier comme remède ridicule.

Penser à autre chose, toujours, chaque fois que j'ai quelque chose en tête qui te regarde. Éviter de te regarder, quand ta figure apparaît dans les paupières de mes yeux fermés. Fermer mon esprit à tes tortures, toujours, penser aux malheurs de la vie qui ne te concernent pas. Manquer d'argent, juste pour être tourmenté par autre chose. M'imaginer avec une autre, avoir plus de fun qu'avec toi. Fermer mon cerveau. *Switch* à *off*. Ne pas réfléchir, écouter Virginie, chanter faux. N'importe quoi. Chaque minute.

Penser à autre chose, toujours, chaque fois que j'ai quelque chose en tête qui te regarde. Éviter de te regarder, quand ta figure apparaît dans les paupières de mes yeux fermés. Fermer mon esprit à tes tortures, toujours, penser aux malheurs de la vie qui ne te concernent pas. Manquer d'argent, juste pour être tourmenté par autre chose. M'imaginer avec une autre, avoir plus de fun qu'avec toi. Fermer mon cerveau. *Switch* à *off*. Ne pas réfléchir, écouter Virginie, chanter faux. N'importe quoi. Chaque minute.

Répéter.

Et répéter encore.

Penser à autre chose, toujours, chaque fois que j'ai quelque chose en tête qui te regarde. Éviter de te regarder, quand ta figure apparaît dans les paupières de mes yeux fermés. Fermer mon esprit à tes tortures, toujours, penser aux malheurs de la vie qui ne te concernent pas. Manquer d'argent, juste pour être tourmenté par autre chose. M'imaginer avec une autre, avoir plus de fun qu'avec toi. Fermer mon cerveau. *Switch* à *off*. Ne pas réfléchir, écouter Virginie, chanter faux. N'importe quoi. Chaque minute.

(Quand c'est une histoire de mois, que ça frise les années, il a bien quelques rechutes. Mais il faut être fort, une prière comme un soupir, il faut être solide.)

Je t'oublierai, je t'oublierai, je t'oublierai, je t'oublierai. C'est ce qu'Isabelle Boulay chante dans mes oreilles présentement. Alors je pense à toi. Changer de poste.

T'oublier? Oui, bien sûr, j'y arriverai.

T'oublier? Oui, bien sûr. Mais je vais quand même penser à toi en me crossant, si tu permets.

Douze

Faire les choses comme on ne les a jamais faites. Éclater de rire en public, sortir avec un mannequin, passer une journée dans le métro, se faire sucer par une *porn star*. Des choses comme ça, de la niaiserie en canne, chanter fort et faux par-dessus Michel Louvain, peinturer le corps de sa blonde. Paquet de choses qu'on ne fait pas vraiment, parce qu'on a peur, parce qu'on ne peut pas. Rouler dans la boue dans un chantier de construction. Voler un char. Correspondre avec le Pape. Manger un légume qu'on déteste. Boire un scotch avec son idole. Tuer quelqu'un qu'on aime.

C'était mon objectif, je l'ai fait. Ne riez pas. Ou riez, mais de nervosité. J'avais besoin d'un but dans la vie, de quelque chose à faire quand la télé allait me lâcher, d'activités pour passer le reste de ma vie, parce que l'avant-reste m'avait déçu. J'avais besoin d'un but, j'en ai trouvé douze. Les douze travaux de Matthieu, que vous écrirez en grec si ça vous tente.

Un

Il y a la foule, pas trop bruyante, qui ne sait pas que je suis là au beau milieu. Nous sommes au Festival de jazz, nous sommes nombreux, et je suis seul. Tous écrasés les uns contre les autres, à attendre que le gros show du mardi commence, à avoir chaud et à se demander ce qu'on fait là. Moi le premier, qui suis seul parce que je n'ai jamais réussi à trouver mes amis, maudit rendez-vous à un endroit inaccessible, quelques minutes de retard. Et je ne peux pas dire que j'aime tellement la salsa, ni les festivals. Autour de moi, les gens sont souriants. En voilà deux qui s'embrassent à pleine gueule, tout heureux qu'ils sont, et en voilà deux autres qui se parlent de décoration. Puis trois jeunes qui n'osent pas s'allumer un joint, qui voudraient le fumer plus loin, mais qui ne veulent pas perdre leur place. Voyez-vous la chaleur? Elle est là, tout autour, avec ses bras qui frottent nos corps, et la sueur qui coule dans le caniveau. C'est une image. Pourquoi la dame a-t-elle amené son bébé ici? Pourquoi les amoureux se sentent-ils si seuls au monde qu'ils me plantent leur coude dans le dos en se taponnant? Pourquoi la vieille madame me sourit-elle comme si on était complices? Voyez-vous les questions dans ma tête, vous demandez-vous ce que je fais ici?

Éclat de rire. Ici, maintenant. Fou rire, même, tout seul comme ça, sans raison. Rire en public. Ça m'a pris tout d'un coup. Et, à vrai dire, ça m'a fait du bien. Rire comme j'avais rarement ri, fort et longtemps. Soulagé, rafraîchi. Entendez-vous le silence, voyez-vous les gens qui me regardent et les gens qui ont peur? Moi aussi. Et ça m'a fait du bien.

Deux

Il y a cette amie qui travaille pour un fabricant de vêtements *in*. Et il y a ce bar branché où une revue quelconque organise un 5 à 7. Je suis là, avec mon amie, qui m'a invité contre son gré. C'est le printemps, je suis tout effervescent, tout jeune et dynamique, quasiment à la mode moi-même, presque sexy.

Mais, *a priori*, je m'emmerde. Musique poche, pas assez d'alcool, seulement quelques mannequins, on m'en avait promis des wagons. Mon amie fait du PR, pas le choix, c'est sa job, alors moi, je suis seul dans mon coin – ça va mal, la salle est faite en rond. Donnez-moi une bière, quelqu'un. Le bar s'avance vers moi. Je commande une Molson Ex : désolé, on a juste des produits Unibroue ce soir. Donne-moi un scotch, n'importe lequel, je connais pas ça.

Assise au bar, une mannequine s'emmerde autant que moi. Elle ne me regarde pas, bien sûr, je ne suis pas dans un film. Elle, par contre, c'est dur à dire, elle est aussi belle que les belles filles dans les beaux films. Je ne sais pas trop ce qu'elle regarde, je crois qu'elle lit sa *napkin*.

— Tu vas voir, la fin est plate.

Moi je me suis trouvé drôle en lui disant ça, ça faisait comme si j'avais lu la même *napkin* qu'elle. Elle n'a pas compris. En fait, il n'y avait rien d'écrit sur la *napkin*, et elle regardait une craque dans le bois du comptoir. Je n'ai pas essayé de lui expliquer ce que j'avais voulu dire, de peur de me noyer, mais je lui ai demandé si elle s'emmerdait autant que moi. Elle a dit oui. Je l'ai invitée à venir au Casino avec moi, pour changer d'air, et elle a dû se dire « ben oui pourquoi pas », parce que c'est ce qu'elle a répondu. Avoir eu une voiture, j'aurais pu l'impressionner avec, mais là, j'ai été pris à l'impressionner avec l'argent que j'avais pour payer le taxi.

J'ai perdu 200 $, elle en a gagné 400, elle m'a payé une Molson Ex. Belle soirée, coquins sourires, quelques rires. Émilie, qu'elle s'appelle. Elle aussi. Ma vie est remplie d'Émilies. Suis sorti avec elle pendant deux mois. Jusqu'à ce que je lui peinture le corps.

Trois

Il y a une journée complète à perdre, avec tout le temps qu'elle comporte, à perdre aussi. Perdre mon temps parce que je n'ai rien à faire, et ne rien faire pour passer le temps, parce qu'Émilie travaille toute la journée, parce que je sais que je vais m'ennuyer, parce que c'est pas toutes les vies qu'on sort avec une mannequine gentille. Après qu'elle m'ait embrassé tendrement en me promettant de ne pas remarquer qu'elle se faisait cruiser par des gars plus beaux que moi, après qu'elle m'ait quitté en me disant qu'elle avait déjà hâte de me revoir, je suis sorti.

Sorti pour entrer, disons. Aspiré dans le métro, avec l'objectif de descendre en ville, ou de monter en ville, je n'ai jamais su si j'étais plus bas ou plus haut. Glisser en ville, dans le cas où on serait au même niveau, elle et moi. Avec l'objectif, aussi, de magasiner un peu, de l'huile de massage peut-être, si une odeur me plaît, orange ou framboise, quelque chose de fruité, histoire de détendre ma belle et de la convaincre une fois de plus que je suis un ange.

Sauf que oups. Oups comme dans c'est pas ça qui est arrivé. Oups comme dans je me suis laissé emporter par ma tête. Ça m'arrive des fois, comme ça, ma tête qui prend le dessus, et j'ai le contrôle sur rien du tout. Là, ma tête, elle voulait observer. Regarder les gens, juger gratuitement. Observer les gens entrer dans le métro, d'heure en heure voir les humeurs changer, cette dame qui échappe son sac et qui en veut au gars à côté de ne pas le ramasser. Ce ti-gars qui se pense cool avec sa musique trop forte, musique poche. Cet autre ti-gars qui regarde les boules d'une fille qui veut qu'on lui regarde les boules. Cette madame claustrophobe qui me demande de lui parler parce qu'elle va faire une crise. Ce vieillard qui parle tout seul, mais qui dit des choses intéressantes. Cette enfant qui joue avec le manteau du monsieur qui lit son journal. Et les milliers d'autres.

C'est beau, tout ça.

Moi je trouve ça beau. C'est la vie, elle m'entoure, elle m'engouffre, tous ces gens qui ne me remarquent même pas, et ceux qui me remarquent pour me juger comme je les juge. C'est ça, la vie. Paquet de gens qui ne se regardent pas toujours, qui se sourient ou se font des airs bêtes, qui se parlent ou pas. Paquet de gens qui ne veulent rien savoir. Et moi.

C'est l'heure de rentrer. Six heures, sept, je ne sais pas, pas important. L'heure de rentrer parce que j'ai vu tout Montréal. Toutes les stations de métro, toutes les madames et tous les monsieurs de la terre. La journée au complet dans le métro. Ma tête a gagné, elle gagne toujours, je ne me bats même plus.

— Salut mon beau, as-tu passé une belle journée?

— Oui ma belle, toi?

— Pas pire. Qu'est-ce que t'as fait?

— Pas grand-chose. Est-ce que ça t'arrive d'avoir envie de passer la journée à regarder le monde, comme si t'avais des ailes?

— Oui...

— Ben c'est ça que j'ai fait.

— T'es vraiment un ange.

Quatre

Il y a un film de cul, *Québécoises Perverses 2*, que ça s'appelle. C'est la suite de *Québécoises Perverses 1*, mais honnêtement, y'a pas vraiment d'histoire, alors c'est pas nécessaire d'avoir vu le 1 pour voir le 2. Dans le film, il y a une scène où une fille plutôt jolie est à genoux dans un cimetière, et il y a quatre gars debout autour d'elle. Ben un de ces gars-là, c'est moi.

Pas que je sois vraiment un acteur, ni vachement amanché, mais n'empêche que je connais une gang de gars qui aimeraient pouvoir dire qu'ils se sont fait sucer par une *porn star*. Moi, je peux.

Ce genre de choses là arrive comme un cheveu sur la soupe, en tombant par hasard de la tête plus ou moins chevelue d'un serveur plus ou moins intéressant. J'étais dans un *party* plate. Jasette avec un gars que je ne connaissais pas, Pascal, t-shirt moulant, il avait l'air un petit peu trop intéressé par moi. Émilie travaillait encore, ma belle, je m'ennuie de toi, viens me sauver. Mais elle n'est pas arrivée, et la conversation s'est tournée vers les films pornos. C'est là que j'ai appris que Pascal en t-shirt moulant connaissait Paul Hard, un réalisateur québécois quelconque de films de peau. Alors moi, comme un épais qui veut faire rire, je lui ai dit: «Ben, si jamais il a besoin d'acteurs, tu m'appelleras.» Pas que ça soit drôle, mais je l'ai dit quand même, et je crois avoir arraché un sourire à une fille, mais peut-être qu'elle faisait partie d'une autre conversation.

Et il l'a fait, le Pascal. Un mois plus tard, alors que j'avais oublié qu'il existait. Il me fait sonner le téléphone, en me disant que je pourrais peut-être faire une petite scène. Hi hi hi. C'est comme ça que ça se passe, dans le merveilleux monde de ma vie.

Le temps de le dire, sans que je le réalise trop, je me retrouve bien bandé, une actrice qui ne sait pas jouer d'autres sentiments que la joie et le bonheur en train de m'avaler le pénis comme jamais une fille ne l'a fait. Cool, vous pensez? Bof, oui pour l'expérience, mais bon, on pense surtout à la *game* de hockey, au *Téléjournal*, à Éric Lapointe, parce qu'avec une professionnelle comme ça, un amateur comme moi se sent soudainement précoce. Splouche. Et ça, le réalisateur, il n'aime pas ça.

Après, on regrette de ne pas en avoir plus profité.

Cinq

Il y a une journée à mourir au bureau. Une de ces journées d'été où il ne se passe rien, où on respire climatisé, où les minutes viennent une par une, en prenant leur temps. Des longues minutes, avec des longues secondes, pleines de dixièmes et de centièmes. Et mon cerveau qui pédale lentement. Mon cerveau qui est déjà rendu en fin de semaine, et mon corps en plein jeudi après-midi, pas de travail mais l'obligation d'être au bureau, il fait beau dehors, j'ai la peau blanche, je veux dormir au soleil, c'est long. C'est long.

Passer le temps, d'une façon ou d'une autre. Visiter le Web, *downloader* des mp3 que je n'écouterai jamais, c'est beau la technologie... Tiens, un exemple : j'ai téléchargé *La dame en bleu*. C'était pour rire avec les collègues. C'est ce qu'on a fait.

On s'est retrouvés à chanter à tue-tête, comme si notre vie en dépendait.

« Qui est la belle inconnue, la femme en bleu seule à sa table, je me sens fou de l'avoir vue, comme j'aimerais qu'elle me regarde. »

Tout le monde ensemble... « Je n'ai jamais vu s'ennuyer une femme avec tant de charme, et si j'allais lui parler, peut-être qu'elle pourrait m'aimer... »

Fort. En criant plus qu'en chantant, tout le bureau à l'unisson.

À l'unisson faux, mais à l'unisson quand même.

Six

Il y des fantasmes niaiseux. Des intentions fuckées qui pavent la voie de l'enfer, des idées douteuses qui tuent. Mon genre d'idées. Peinturer le corps d'Émilie, par exemple. Une petite obses-sion que je me suis construite en Lego. En plas-tique multicolore, dans ma tête, avec des pièces usées, un essieu tordu, des petits bonhommes avec la tête deux fois plus grosse que le corps, toujours souriants, même quand ils sont décapités. Une petite obsession, donc, minimini, mais qui n'a jamais voulu s'effacer. Qui est apparue d'un coup, après une semaine de relation, quand le corps nu d'Émilie me gênait encore, un soir que je l'aidais à peinturer le mur du fond de sa cuisine. Vert.

Je lui en ai parlé le lendemain matin, tout can-didement. En lui léchant doucement la nuque, en caressant ses cheveux, en étant bien.

— Tu sais ce que j'aimerais?

— Non, quoi?

— Te peinturer le corps.

— Peinturer quoi?

— Tout ton corps.

— Oui, mais qu'est-ce que tu dessinerais?

— Rien, juste au rouleau, te peinturer le corps, juste une couleur, rouge, quelque chose comme ça. Qu'est-ce que t'en penses?

— Ben, pas vraiment. Non, j'aimerais pas ça. Pourquoi tu veux faire ça?

— Je sais pas.

Silence, j'ai laissé la journée se dérouler, puis la nuit s'enrouler, en me disant qu'Émilie me reviendrait là-dessus bientôt. Deux mois, un peu moins, six semaines plus tard, toujours pas de *feedback*. Tout était merveilleux, ne pensez pas le contraire, et honnêtement, je n'y pensais pas si souvent que ça, mais quand même. Une annonce de Sico à la télé, un tour chez Réno-Dépôt pour acheter des poignées de porte, l'allée suivante, c'est la peinture, j'y pensais de temps en temps.

Samedi soir, j'en ai reparlé à Émilie.

— Tu sais ce que j'aimerais ?

— Non, quoi ?

— Te peinturer le corps.

— Tu penses encore à ça ?

— Ben... oui... Qu'est-ce que t'en penses ?

— Non. Oublie ça.

Dimanche matin, quand elle dormait encore, je suis allé chercher un gallon de peinture et un rouleau dans la remise. Brassé la peinture, c'était le vert du mur du fond de la cuisine. Excité comme tout. Elle était couchée sur le ventre, sans couverture, il faisait chaud, la belle toile que sa peau m'offrait.

J'ai eu le temps de rouler un coup, de ses fesses à son cou. Après, en une fraction de seconde, elle a crié, s'est retournée, m'a frappé, m'a engueulé, m'a poussé dehors, a claqué la porte. En une fraction de seconde.

Peinturer un mannequin. Je suis cave, je sais.

Sept

Il y a la boue. La boue, pour les gars de mon âge, a une signification bien particulière. Quand j'étais jeune, je ne me souviens pas trop quel âge, un samedi ou deux, vers 23 heures 30, on a diffusé

Emmanuelle 4 à *Bleu Nuit*. Film de fesses plutôt ordinaire, vous allez dire, mais bon, il y a dans ce film une scène de sexe oral dans la boue, la bouette disons-le, et à l'âge que j'avais, c'était assez poignant. Les beaux souvenirs de l'adolescence.

La boue, donc, pour les gars de mon âge, c'est un peu sexuel. L'autre soir, quand je marchais sous la pluie, en revenant du bar où je noie ma peine quand elle sort la tête pour respirer, et que j'ai vu cette brèche dans le mur de bois du chantier de construction, je n'ai pas pu résister. Une longue pente douce de boue, un gars saoul, des vêtements sales de toute façon, la tête qui tourne déjà, tout ça, c'était une invitation trop belle. RSVP dans la seconde, sploufe, je m'y lance. Comme un enfant qui roule dans le gazon sur les plaines d'Abraham, Montcalm et Wolfe auraient été fiers de moi, Emmanuelle aussi.

Remonter, par contre, c'est moins le fun.

Huit

Il y a des moments où ce n'est pas une question de volonté. Juste une question de *timing*. C'était passé minuit, dans mon bar, avec ma tête et mes idées, avec des conversations illuminées. Assez saoul pour me parler tout seul à haute voix, et rire parce que les gens autour me regardent croche. Parler en faisant de l'écho dans mon verre de scotch presque vide, un Glen quelconque, je ne connais pas ça, mais j'en prendrais bien un autre.

Un peu plus tôt, un de mes amis avait passé une heure à me parler du tableau qu'il venait de s'acheter à un prix de fou. Tableau de fou, si tu veux mon avis. Autant d'argent pour de la peinture. Et bien sûr, c'est sur cette pensée de peinture que ma tête a déboulé. Je suis devenu gris, certainement, parce que mon ami s'est inventé un rendez-vous et m'a laissé seul.

Maudite peinture, invention du diable. C'était passé minuit, dans mon bar, avec ma tête et mes idées. Parler de scotch à mon verre vide, regarder les gens flous qui me regardent. La dame à ma droite me méprise, je le vois dans ses yeux, quelque chose dans ses yeux, le mépris. Le couple à ma gauche rit de moi, avec son double sourire fendu.

Si j'avais encore mon chien, je lui parlerais, et j'aurais l'air normal. Si j'avais encore mon chien, j'aurais un ami, il me suivrait partout, il s'en foutrait que j'aie tout foutu en l'air avec Émilie. Saoul avec Edwin, refaire le monde avant de m'endormir. *Ain't it good to be alive*.

Clicligne, la porte du bar s'ouvre dans un fracas modéré, et voilà une jeune fille qui entre, pas très belle, rien à voir avec Émilie, le look un peu grano, disons, pas mon genre. Elle s'assoit à une table pas loin de moi, y pose ses clés et ne bouge plus. Moi, j'arrête de parler tout seul, on ne sait jamais à qui on a affaire. Le serveur vient la voir.

— Qu'est-ce que je peux te servir ?

— As-tu quelque chose pas d'alcool ? Je conduis...

— De l'eau, du jus de tomate, du jus d'orange, du Coke, j'ai tout.

— Je vais prendre un Coke. Les toilettes sont où ?

— Au fond à droite.

Elle s'est levée, m'a regardé, a marché un peu, a regardé le mur, m'a regardé encore, et m'a dit :

— T'as vu le tableau sur le mur ? Y'est cool...

Objectivement, elle avait raison. C'était un tableau vraiment intrigant. Mais ce n'était pas vraiment le moment de me parler de peinture. J'ai répondu :

— Mm.

Et elle s'est envolée vers les toilettes. Et elle a laissé ses clés sur la table. Et elle m'avait tordu l'esprit avec son histoire de peinture. Et je me suis levé. Et j'ai pris ses clés. Et je suis sorti. Et.

C'était écrit Mazda sur la clé, je me suis mis à chercher une Mazda pas loin. Vieille 323 là-bas, blanche, manque un enjoliveur. Mécanique A-1, faut voir, femme propriétaire. C'est elle, la clé m'ouvre. En m'assoyant sur le siège du conducteur, le volant m'arrache le genou, les filles sont trop petites, je vous dis, ça ou bien elles conduisent vraiment trop proche du volant. Recule le siège, démarre, saoul. Bang. J'ai déclutché un peu vite, je suis rentré dans l'auto stationnée en avant.

Mécanique A-1, légèrement endommagée, femme propriétaire.

Finalement, j'ai réussi à rouler un peu, deux coins de rue, tout croche. Puis je me suis stationné devant une borne-fontaine, et je suis rentré chez moi à pied. Le lendemain, quand je me suis

réveillé, je me souvenais de tout, mais j'ai fait
semblant de ne me souvenir de rien.

Neuf

Il y a une lettre pour le Pape. Une *joke*, en fait.
Une lettre au Pape pour le fun de voir ce que ça
donne.

Cher Pape,

Je suis très religieux. Présentement j'ai un impor-
tant dilemme, et j'aimerais que vous me donniez
votre avis. Je consomme depuis quelque temps de
la cocaïne, et c'est ce qui me permet de rester éveillé
la nuit pour prier. La prière est extrêmement
importante pour moi, c'est ce qui me donne espoir,
c'est ce qui me garde en vie. Sans cocaïne, je m'en-
dors toujours avant d'avoir terminé mes prières, et
je sais que la consommation de drogue ne vous
plaît pas.

J'ai besoin de votre aide. La prière peut-elle rai-
sonnablement justifier la consommation de
cocaïne ?

Merci

Matthieu

En postant la lettre, j'avais cette image de moi
au Vatican en train d'embrasser la main du Pape,
et ça m'amusait. Smack. C'est fou ce que je peux
être jeune des fois.

Je suis retourné chez moi en souriant, en marchant aussi, et honnêtement, j'ai oublié tout ça en quelques secondes. Le téléphone qui sonnait quand je suis entré, une tache sur le tapis, un publisac accroché à ma poignée, n'importe quoi pour détourner mon cerveau.

Quatre mois plus tard, tout le temps qu'il faut pour devenir un vrai junkie, le temps de mourir d'une overdose, on ne sait jamais, j'ai reçu une lettre du Pape, entre un compte de Bell et une offre de carte Visa préapprouvée. Je l'ai ouverte en vitesse, et j'ai été déçu. Quelques mots seulement, rien de personnel, un message qui parlait de tolérance, de foi, de voie. Message préfabriqué, même pas un «donne-moi de tes nouvelles», même pas de petits x-becs à la fin. Rien de très amical, rien de drôle, non plus. Décevant.

Le Pape n'est pas un correspondant cool.

Dix

Il y a des jours où on ferait mieux de rester mort. Endormi toute la journée, laisser la poussière s'accumuler sur notre peau, sur notre écran de télé. Endormi toute la journée, laisser le radio-réveil crier tant qu'il veut, s'inventer une surdité. Mais il faut se lever. Se lever du mauvais pied, trébucher sur un t-shirt sale, s'écorcher un genou, il le faut, c'est la vie. Elle roule et elle nous roule. Et on s'enroule dans un manteau, et on se déroule au bureau.

Ce jour-là, au bureau, je venais juste de me dérouler quand on m'a présenté une déesse. Longue et mince, avec des gros seins. Comme on les aime, nous les gars, même nous les gars qui avons un peu de classe, même nous les gars distingués, parce que, au fond, on les aime toutes comme ça, dans le fin fond d'un fantasme, dans le fin fond d'une nuit chaude où l'on rêve. Longue et mince, avec des gros seins.

— Matthieu, je te présente Véronique, elle va travailler au service à la clientèle.

— Fblf.

Réponse classique. On s'est serré la main, la mienne était moite, et en plus elle a serré trop vite, alors je n'ai pas pu avoir une bonne poigne, j'ai eu l'air d'un fif. Super première impression, je sais. Merci.

Comme je suis un grand angoissé, j'ai passé l'avant-midi à m'en vouloir, à revoir la scène dans ma tête et à espérer que j'aurais bientôt l'occasion de me reprendre. L'espoir d'une bonne deuxième impression, une grande claque sur les pellicules de la première impression, une bonne suite à la mauvaise annonce de Head & Shoulders.

L'occasion s'est présentée à l'heure du dîner, autour d'une table, avec une dizaine de personnes. L'heure de dîner pour les autres, l'heure de me démarquer pour moi. Être drôle, être gentil, être poli, être tout ce qu'il faut pour montrer que je ne suis pas le fif qu'elle pense que je suis.

Et ne pas trop regarder ses seins.

Elle a sorti un plat rempli de ce maudit petit légume qui ressemble à un mini-épi de maïs, que je déteste tant. Et elle en a offert à tout le monde. Si je disais « non merci », j'avais l'air encore plus niaiseux. Ça, c'est dans ma tête, parce que je sais bien que dans la vôtre, je suis bien plus niaiseux d'accepter quelque chose que je n'aime pas. Mais vous n'étiez pas dans ma tête à ce moment-là. Dommage, c'est moi qui y étais. Alors j'en ai pris un, de ces blés d'Inde pour les nains.

Je ne me souvenais pas que c'était aussi mauvais.

Dès que j'ai croqué dedans, j'ai eu un haut-le-cœur formidable. Elle l'a vu. C'était tout à fait manifeste, comme une grosse pancarte en néon qui se serait levée au-dessus de ma tête, où il serait écrit « je suis dégueulasse ». Bravo champion.

Super deuxième impression, je sais. Merci.

Onze

Il y a le Whisky Café, c'est au coin de Bernard et Saint-Laurent, un soir de printemps, avec le vent doux qui me donne des frissons, le vent doux des soirs de printemps qui rappelle pourquoi on est si mal seul, pourquoi on aime tellement passer notre main dans les cheveux de quelqu'un. Sur cet air de déprime, je suis entré dans le Whisky Café, c'est au coin de Bernard et Saint-Laurent. Il faisait sombre, il fait toujours sombre, c'était presque vide. De ma table, je pouvais voir tout plein d'autres tables vides. J'ai pris un Glen quelconque, je ne connais pas ça, et j'ai regardé mon verre pendant une heure, parce qu'il n'y avait rien d'autre à regarder ; ce couple dans la quarantaine, le serveur, la fille qui lit un livre romantique, le gars dans le miroir en face de moi, tout ça me semble si plate.

La porte en vitre givrée s'est ouverte, poussée par Mick Doohan. Mick Doohan, cinq fois champion du monde de Grand Prix 500 cc. Mick Doohan, un des pilotes de moto les plus talentueux de la planète, un magicien à sa façon. Mick Doohan, devant moi au Whisky Café, c'est au coin de Bernard et Saint-Laurent, un soir de printemps. Mon idole et moi, un soir de printemps au vent déprimant. Les choses étaient moins plates, tout à coup.

Mon casque est une réplique du tien. C'est ce que je lui ai dit, dans un anglais qui ressemblait à n'importe quoi. Il a eu l'air surpris. Parce qu'ici personne ne connaît la moto, encore moins la figure des pilotes. Sauf moi. Surpris, et amusé. On a jasé presque une demi-heure, jusqu'à ce que ses amis arrivent. Jasé de rien, vraiment, de la moto au Québec, de Montréal, de lui. Il m'a payé un scotch, un Glen de son choix, il avait l'air de connaître ça. Pendant ce temps-là, mon Glen à moi traînait sur ma table, mais je l'avais oublié.

Il y a des drôles de moments, qu'on ne contrôle pas. Le vent d'un printemps, l'air doux, une demi-heure dans ma vie, comme si je somnolais, comme si j'étais moins vrai. Un scotch avec mon idole, comme ça pour rien, comme ça par hasard, comme ça. La vie, moins déprimante, la vie moins plate, les choses plus rondes.

C'était une belle soirée.

Douze

Il y a la peur. La peur, la terreur d'écrire ce que j'ai fait. La honte, peut-être, les larmes sur le clavier, peut-être. Des lettres blanches sur des touches noires, la peur en noir et blanc. La peur. Le remords. Le regret.

Dans mes larmes de gars saoul, dans la nuit trop foncée, c'était elle ou moi.

Plus tôt dans la soirée, dans un bar branché – qu'est-ce que je faisais là, pourquoi je suis allé là ? – ce gars qui l'enlaçait amoureusement. Ma mannequine à moi, ma petite Émilie, je suis ton ange, tu me l'as dit.

Dans la nuit trop foncée, dans un pli de ma chambre, dans l'ombre d'une larme, l'idée est passée, l'idée que si ce n'était pas elle, ça serait moi. L'idée que ça ferait mieux d'être elle, dans ma tête de gars saoul. Ce n'est pas une excuse, je sais. Je me suis levé, je me suis traîné à elle, et je l'ai fait, froidement. C'était un soir frais, la nuit était trop foncée, j'avais mal. Une auto est passée, son silencieux était brisé, et elle avait l'air rouillée. En face, une lumière bleue dans la fenêtre du voisin, endormi devant sa télé.

Je n'ai pas bougé de la nuit, ma mannequine à mes pieds. Jusqu'au matin, jusqu'à maintenant.

Le soleil se lève. Matin frais, nuageux, c'était elle ou moi. Je l'ai fait, comme j'ai fait le reste. Comme on raconte une histoire, comme on éclate de rire en public, comme on peinture le corps d'une fille, comme on vole un char, comme on écrit au Pape. Comme on fait des choses dans le vide, sans trop réfléchir, comme elles viennent, comme ça. Ma vie est remplie d'Émilies, vide d'Émilies.

Et maintenant, j'imagine que je n'ai pas le choix de repartir à zéro.

Zéro.

Et maintenant (zéro)

Je suis seul et je regarde le plafond, ce plafond qui est seul et qui me regarde. Je suis seul dans sa chambre. Je suis seul étendu sur son lit, sur ses couvertures, seul à respirer son odeur, seul à écouter ses pas résonner dans ma tête, du temps où elle passait le balai dans le salon, avec les murs qui la déshabillaient des yeux. Les murs, chez elle, n'ont pas d'oreilles, ils ont des yeux. Les murs, chez elle, je les ai peinturés de mes propres rouleaux, je les ai barbouillés de latex semi-lustré, je les ai blanchis de peinture *cheap*, et ils sont gris.

J'ai entendu tellement de fois le plancher rire sous les coups de son balai, les planches craquer de s'être fait tordre sous les chatouilles des poils de son Oskar. Le plancher, chez elle, a une bouche et combien de fois je l'ai senti saliver en regardant sous sa jupe. Et combien de fois je l'ai senti souffler pour effleurer ses sens, et la rendre douce, et la rendre molle.

Je suis seul et j'entends son divan respirer, j'entends les coussins soupirer, s'ennuyer de son poids tout léger qu'elle étend le plus longtemps possible. Son petit corps tout mince qu'elle roule sans arrêt quand elle relit son roman préféré. Le divan, chez elle, a un nez. Qui respire son odeur comme on s'éprend d'un parfum, qui l'inhale et la retient jusqu'à son retour. Et qui la souffle doucement quand elle s'y dépose. Je l'ai senti si souvent aspirer sa peau quand je m'y penchais pour l'embrasser et qu'elle tournait la tête pour terminer sa phrase. Je l'ai senti si souvent la sentir.

Je suis seul et je vois la lumière qui me regarde, éblouie. Les fenêtres, chez elle, ont des oreilles, des oreilles grandes et roses que j'envie. Les fenêtres, chez elle, j'ai tenté mille fois de les cacher, mais des oreilles, ça ne se bouche jamais complètement. J'ai vu ses fenêtres l'entendre sursauter quand elle ne s'attendait pas à me voir, je les ai vues l'entendre jouir. Ce qu'elles ont entendu, je le résonne dans ma tête, ce petit rire en soubresauts, comme si elle s'en surprenait, ce petit rire soufflé, doux dans mon cou, ce petit rire qu'elle souriait si bien.

Je suis seul et j'entends la garde-robe s'amuser. Tous ces vêtements qui l'ont palpée, et ce tissu qui l'a caressée, et cette laine qui l'a consolée. Les vêtements, chez elle, ont des mains, des mains grandes et fortes et douces à la fois, des mains et des millions de doigts, des mains sans gants, ni blancs ni noirs, ni de velours ni rien du tout. Des mains toutes nues, qui se baladent sur son corps et l'apaisent et lui plaisent. Je les ai senties entre les miennes et sa peau, je les ai senties lui donner des frissons sans que je n'y sois pour rien, sans que je n'y sois, aussi. Elles m'ont torturé de l'avoir cajolée, elles m'ont détruit de l'avoir construite, elles m'ont versé des larmes dans les yeux de l'avoir fait sourire. Et rire. Et jouir.

Je suis seul et je regarde le plafond, ce plafond qui est seul et qui me regarde. Je suis seul dans cette grande chambre et j'entends tout, et je vois tout, et je sens tout. Je la vois, je l'entends, je la sens.

Je suis seul et je m'en veux.

Y'a du vin blanc dans le frigo, c'est un fond de bouteille mais c'est du bon, gênez-vous pas, moi le blanc, ça m'écœure

C'est comme un gars qui se pitche devant le métro, mais qui s'était juste enfargé dans les fleurs du plancher. Et qui est pris pour passer le reste de sa mort à vivre avec le fait que tout le monde est convaincu qu'il s'est suicidé.

Les planchers des stations de métro seraient plus beaux s'ils avaient des fleurs dessus. Soyez d'accord ou non, mais des fleurs, même si c'est souvent quétaine, ça fait toujours sourire. Dites-le avec des fleurs, qu'ils nous disent dans les publicités, mais eux ils le disent avec une belle voix de narrateur sexy, pas avec des fleurs. Enfin... Le dire avec des fleurs, c'est bien beau, mais si vous voulez mon avis, il faut quand même mettre un petit mot avec.

« Je t'ai vue à la télé. Tu es belle. Tu ne me connais pas, mais je sais qu'on s'entendrait bien. Écris-moi... » qu'il disait, mon petit mot.

Avant de savoir écrire, je ne savais pas écrire. Avant de savoir écrire, j'écrivais des mots pour aller avec des fleurs, à des filles que je trouvais belles, que je voyais à la télé. À des filles qui me faisaient rêver. Avec l'espoir d'avoir une réponse. Un jour peut-être, je me disais, un jour peut-être. Et j'attendais, et je courais vers ma porte chaque soir en revenant du bureau pour voir si j'avais du courrier, et bien sûr que je n'en avais jamais, de courrier, à part des comptes de téléphone et des dépliants de pizzerias du coin. Mais, chaque soir, en revenant du bureau, j'avais ce petit pincement, au cas où, cette petite fébrilité qui m'encourageait à continuer, fleurs après fleurs, toujours avec le même genre de petit mot mal écrit accroché après.

Jusqu'à ce jour-là.

Le jour-là du «Il était une fois», le jour-là des histoires qui commencent par «ce jour-là». Il y avait une drôle de musique dans mes oreilles, mes écouteurs gelés, je ne sais pas, est-ce que ça existe du punk acoustique? Je luttais contre le vent, en sortant du métro. Le *walkman* ne marchait plus vraiment, quelques pas seulement vers chez moi. Mais c'est loin quand c'est l'hiver.

Et des oreilles pas de tuque, ça gèle.

Quand j'ai débarré la porte, je ne pensais pas au courrier. C'est amusant, non? C'est toujours comme ça dans la vie, c'est quand on n'y pense plus que ça arrive. Comme je n'y pensais pas, j'ai pilé dessus. Sur la lettre que j'avais reçue, toute slotchée. Mais c'est pas grave, j'étais quand même assez fébrile d'avoir reçu quelque chose. Oubliée la slotche, oubliées les oreilles de glace. Oublié d'enlever mes bottes, aussi. Me suis écrasé sur le sofa, le manteau sur le dos, la pas-de-tuque sur la pas-de-tête. J'ai ouvert et j'ai lu, belle calligraphie de fille.

Bonjour Matthieu,

J'ai reçu tes fleurs. Elles sont magnifiques. Ton petit mot m'a beaucoup touchée. Tu as su piquer ma curiosité. Si tu le désires, tu peux me réécrire.

À bientôt, Nathalie

Drôle comme le quotidien nous réserve des tournants même pas drôles. Ce petit mot, que j'ai relu quinze fois ou huit mille, que j'ai appris par cœur – composez-moi quelque chose, qu'on en fasse une chanson –, ce petit mot tout mauvais et tout ordinaire, gentil mais tellement plate, ce petit mot soigné, trop soigné, ce petit mot qui fait écrire des phrases trop longues, eh bien, ce petit mot, il m'a renversé. Pouf, à terre. Le cœur qui vrombit, à ce rythme-là, ce n'est même plus un rythme, c'est une vibration. Prrrrrrrrrrrrrrr. Comme un chat qui ronronne, c'est ça le bonheur, j'imagine.

Sur le coup, le bonheur. Et après, le stress. Il faut bien que je lui réponde, sinon c'est pour rien. Il fait chaud dans un manteau, sur un sofa, à l'intérieur, avec le cœur à *spin*. La sueur m'a ramené sur terre. On se calme, on prend le temps de respirer, on prend le temps de prendre le temps de reprendre le dessus. Enlever le manteau, boire un verre de jus.

M'asseoir à la table avec du papier et un crayon. Ne pas savoir écrire.

Salut Nathalie,

Tu ne peux pas savoir comment j'étais content de recevoir ta lettre. Je suis content que tu aime mes fleurs. Je ne sais pas trop quoi t'écrire, mais je ne veux pas que tu penses que je suis un gros laid qui est désespéré de trouver une blonde. Je suis très équilibré et vraiment pas laid. Je t'envoies une photo de moi.

J'aimerais beaucoup que tu m'appelles, on pourrais discuter. Mon numéro est le 396-5151.

À bientôt

Matthieu

Avec le recul, j'ai honte. Mais ce soir-là, sur ma table avec mon papier et mon crayon, avec mon manteau sur le crochet et mon verre de jus, ce soir-là, j'étais fier. Belle lettre, que je trouvais, belle lettre. Elle ne pourrait pas résister, avec la photo en plus, une photo de moi sur ma moto, l'air musclé. C'est avec tout plein d'espoir et de confiance et d'optimisme et de volonté que j'ai posté ma lettre, le lendemain matin, dans la boîte à lettres devant l'ancien Dunkin Donuts qui est redevenu un Dunkin Donuts, sur Saint-Denis au coin de Beaubien. Et à partir de là, l'attente : attendre, attendre.

Jusqu'à l'oubli, presque. Jusqu'au quotidien qui m'avait rattrapé, le quotidien comme un rouleau compresseur, qui passe et qui tasse et qui repasse, pour être certain que tout soit bien plate.

Perdre l'espoir, perdre confiance, devenir pessimiste et évaporer sa volonté.

Jusqu'à cet autre jour-là. Le jour-là des histoires qui s'interrompent et reprennent en force, d'un beau grand gros « Ce jour-là, », avec un *c* majuscule et une virgule. Ce jour-là, c'était presque le printemps, et, tranquillement, ça commençait à sentir la moto, ça commençait à sentir les sourires, ça commençait à sentir les jupettes et les camisoles, la crème glacée aussi. Je marchais lentement vers chez moi, la marche lente des premiers jours de beau temps, avant qu'on oublie à quel point on est bien quand il ne fait pas froid : en traînant mes pieds, en promenant mes yeux, en respirant du fond des poumons cette odeur. En crounchant le sable sur le trottoir.

De la porte d'entrée à la petite table où siège le téléphone, il y a quatorze pas. De la porte d'entrée à la petite table où siège le téléphone, il y a quatre secondes. En soulevant le combiné pour voir s'il y avait des messages, j'ai vu le voisin par la fenêtre qui nettoyait son barbecue sur le balcon, avec une brosse en métal. J'avais des messages. Le premier, je ne m'en souviens plus. Le deuxième, c'était elle. Elle disait : « Je m'imaginais pas ta voix comme ça. Euh, allô, c'est Nathalie, tu m'avais envoyé des fleurs pis une photo, pis tu m'as demandé de t'appeler, fa que c'est ça. Je t'appelle. Tu peux me rappeler au 396-0440. Bye. »

Le retour du vrombissement du cœur. Prrrrrrrrrrrrrrrrrrrr. La vie qui chavire encore, la tête à *blend*, le cœur à *spin*. Et le stress. Quoi faire, que dire, les mots s'échappent, ils s'échapperont, ils s'échappent toujours. Je vais te prendre une bière ou six.

Je suis saoul, j'appelle : 396-4040.

— Allô, je pourrais parler à Nathalie ?

— *What?*

— Nathalie?

— *You've got the wrong number.*

Ah ben oui. Je rappelle : 396-0440.

— Allô, je pourrais parler à Nathalie?

— C'est moi.

— Allô, c'est Matthieu, tu m'as...

— Hey allô! Ça va?

— Oui, ça va, toi?

— Ben oui, j'suis contente que tu m'appelles.

— Euh, j'te dérange-tu?

— Nonon, j'allais souper, mais pas tout de suite.

— Ah, O.K. Qu'est-ce que tu manges?

— Je sais pas encore, j'ai une amie qui est supposée venir me rejoindre, je vais voir avec elle.

— O.K. Euh. Moi j'ai pas encore soupé, mais y'a pas grand-chose ici à manger. Je sais pas trop ce que je vais faire.

— Fais-toi venir du St-Hubert.

— Oui, je pourrais faire ça. J'ai pas trop faim, dans le fond.

— Moi je meurs de faim.

Et ça a continué pendant 20 minutes, je vous l'épargne, ce n'est pas la conversation du siècle. Mais dans mes oreilles, c'était parfait. Tellement parfait qu'à la fin, au lieu de me dire qu'elle me rappellerait, elle m'a dit :

— T'habites où?

— Beaubien-Drolet, à peu près.

— Ah, c'est pas loin de chez nous. Je pourrais t'amener des restes de mon souper, plus tard. Qu'est-ce que t'en penses ?

J'en pensais plein de choses fascinantes. Plein de sourires, des mots à n'en plus finir, et peut-être du sexe à la fin de la soirée. Au moins un baiser, plusieurs sans doute. J'en pensais que mon célibat s'achevait. J'en pensais que j'allais prendre une douche et attendre, j'en pensais beaucoup de bien. *Yes*.

La conversation avait été cool. *Smooth*. Et plein d'autres mots en anglais. Ça avait cliqué, elle m'était apparue toute douce et fine et gentille, toute adorable et amusante et amusée.

Et là, j'avais hâte.

J'ai dû faire 700 fois le tour des postes de la télé, clic clic clic clic clic sans arrêt, clic clic clic clic sans regarder l'image, juste pour faire quelque chose en attendant qu'elle arrive, en attendant qu'elle sonne à la porte, en attendant ding dong.

J'ai dû visiter le miroir 200 fois, juste pour être sûr. Mes cheveux, mes poils de nez, mon bouton dans le front, rien entre les dents. Tout va bien, retour au clic clic clic clic. Puis au miroir, tout est beau, les cheveux le nez le front les dents. Clic clic clic. Ding dong.

Quoi ? Ding dong ?

Il était déjà pas mal tard, 9 heures et demie, quelque chose comme ça, pas encore les nouvelles de 22 h au clic clic, mais presque. J'ai eu envie de retourner au miroir une dernière fois, je ne l'ai pas fait. J'étais curieux de savoir si elle était aussi belle en personne qu'à la télé, si l'étincelle que je voyais dans ses yeux était seulement un reflet dans mon écran. Si c'était un ange ou un tapis, éclatante ou terne, la fille de mes rêves ou la pute du coin.

En fait, je savais ce qu'elle était, je savais qu'elle était fantastique, je savais. Je savais qu'elle n'était pas terne, ni pute ni du coin, je savais. C'est pour ça que j'avais mis mon plus beau sourire dans ma face, mes plus belles dents blanches dans le milieu, pour l'accueillir comme on accueille la fille de ses rêves.

— Allllllloooooo, qu'elle m'a lancé sans que je puisse l'attraper; la porte était encore fermée aux trois quarts, ouverte au tiers, ma tête à moitié vide.

En poussant plus, je l'ai vue, belle, oui, mais j'ai vu l'autre aussi.

— Ça c'est Stéphanie, l'amie que je te parlais tantôt.

— Salut.

Elles étaient venues en équipe. Avec un plat Tupperware. Un peu saoules les deux. Pas vraiment de classe. Pas vraiment de chimie. Pas de cette chaleur que je voulais tant, pas de cette odeur, pas de cette couleur que je voulais tant. Elle n'était même pas venue seule.

Pas vraiment d'étincelle. Maudit reflet dans mon écran de télé.

Elles sont entrées comme si elles avaient toujours habité chez moi, se sont écrasées sur le sofa.

L'autre, Stéphanie, a allumé la télé. Nathalie m'a demandé si j'avais faim, j'ai dit pas tant que ça.

À la télé, il y avait une entrevue avec Alexandre Jardin.

— Aye, t'as-tu vu ça, Nat, il vient de sortir un nouveau livre, qu'elle a dit, l'autre, Stéphanie.

— Ouais, j'ai tellement hâte de le lire. Y'est tellement cute, en plus.

— Meeets-en...

Bof. Pas d'étincelle, pas la fille de mes rêves. Pas grand-chose, finalement. Pas grand-chose. Mon manteau sur le dos en quelques secondes, et sur le pas de la porte:

— Y'a du vin blanc dans le frigo, c'est un fond de bouteille mais c'est du bon, gênez-vous pas, moi le blanc, ça m'écœure.

— Où est-ce que tu vas?

— Je m'en vais apprendre à écrire.

Antoine

J'ai vu à la télé quelqu'un qui m'a fait penser à quelqu'un d'autre.

Vous ne le connaissez pas, c'est le gars qui m'a présenté ma première blonde. Antoine, son nom. C'est une longue histoire, c'est pas vraiment intéressant, j'imagine que ça ressemble à la vôtre, à votre première blonde, à votre premier chum.

C'était à l'école, comme ça arrive souvent, plus cool de regarder les filles que le professeur, plus cool d'avoir une blonde que des devoirs. Antoine m'avait gardé une place pas loin de lui à la cafétéria, m'avait présenté Mélanie, nouvelle découverte de son cours de sciences quelconques. Elle était belle comme tout, comme un cœur aussi. Ça a tout de suite cliqué, et au bout de quelques semaines on s'est embrassés. C'est gluant une langue.

Comme ça, innocemment, c'était parti. Ma vie, l'engrenage, l'amour. Vous auriez pas pu me le dire que c'était si dur? Qu'aimer, ça faisait mal. Qu'aimer, c'était souffrir, c'était se battre, c'était changer. Se faire changer, se tordre, se déchirer. Se déchirer, oui c'est ça.

En voyant à la télé ce gars qui ressemblait à Antoine, je me suis dit que si un jour je le croisais dans la rue, je lui câlicerais mon poing dans la face.